완벽한 하루를
꿈꾸는
허술한 우리

완벽한 하루를 꿈꾸는 허술한 우리

**초판 1쇄 발행** 2024년 11월 15일
**2쇄 발행** 2024년 11월 25일

**펴낸이** 유윤희
**글쓴이** 정은표 · 김하얀
**진행** 에디터스랩
**편집** 오영나
**마케팅** 진수지, 김윤정, 유정희
**디자인** 행복한 물고기Happyfish
**제작** 제이오
**펴낸곳** 오늘산책

**출판등록** 2017년 7월 6일(제 2017-000141호)
**주소** 서울 종로구 종로 227-5, 2층
**전화** 02.588.5369
**팩스** 02.6442.5392
**이메일** oneul71@naver.com
**ISBN** 979-11-93703-03-8  03810

완벽한
하루를
꿈꾸는
허술한 우리

정은표 · 김하얀 지음

오늘산책

어딜 가나, 저와 같이 지내는 사람들이 꼭 하는 말이 있어요.
"너는 참 잘 웃는 것 같아."

저는 정말 웃음이 많은 사람이에요. 기쁠 때도 슬플 때도 피곤
할 때도 항상 입가에는 미소가 가득해요. 의식해서 일부러 그러
는 건 아닌데 언제부턴가 그냥 웃음이 제 얼굴에 자리를 잡고 있
었죠.

생각해 보면 어릴 때부터 쭉 이랬어요. 사실 살다 보면 자잘한
즐거운 일이 정말 많은데, 그럴 때마다 즐겁다고 말로 얼굴로 표
현을 하지는 않잖아요. 그런데 저희 부모님은 정말 사소한 즐거
운 일이라도 생길 때마다 항상 저희에게 말과 웃음으로 표현해주
시고 그런 즐거움을 저희가 같이 느낄 수 있도록 공유하려고 하
셨어요. 예를 들어 다 같이 차를 타고 가고 있는데 하늘이 너무
예쁘다거나, 외식을 하는데 음식이 너무 맛있다거나 하는 정말
자잘한 일에도 활짝 웃으며 "지웅아, 하늘이 너무 예쁘다. 너무

좋다!" 하시면서 저에게 또 동생들에게 좋은 감정을 많이 전해주셨어요. 그렇게 행복을 표현하는 게 계속 쌓이고 우리 가족에게 아주 자연스러운 일이 되고 나니까, 모든 구성원이 항상 행복한 일을 공유하고 서로에게 긍정적인 에너지를 주는 게 하나의 사이클처럼 굳어졌죠. 그래서 자연스럽게 생긴 게 저의 웃음이고요.

살면서 힘든 일이 생길 때, 피곤한 일이 생길 때, 너무 지칠 때가 있어요. 제게 고3 시절이 그랬고, 대학에 다니면서도 가끔 그럴 때가 있었고, 지금 군 생활을 하면서도 힘든 일이 없을 수 없죠. 그럴 때마다 저를 한 발짝 앞으로 나아가게 해준 것이 이 미소였어요. 환하게 웃으면, 이 또한 지나가리 하는 긍정적인 마인드로 뭐든 이겨낼 수 있었어요. 우리 가족이 만들어준 미소니까, 결국 항상 우리 가족 덕분에 이겨낼 수 있었다고 할 수도 있겠네요. 살면서 부모님께 받아온 것이 셀 수도 없이 많지만 그중 최고는 이 미소가 아닌가 싶어요. 별다를 것 없는 저희 집 사는 모습이지만 웃음은 항상 가득했으니까요. 이 책을 읽어주시는 여러분도 지치는 하루 속에서 저희 가족과 함께 미소 한번 얻어가실 수 있으면 합니다.

정은표 김하얀의 아들, 지웅

**일러두기**

―글의 맛과 사실감을 살리기 위해 물결표(~)와 인터넷상에서 통용되는
  의성어를 일부 사용하였습니다.
―각 장 제목은 정은표 배우가 출연했던 작품들의 이름을 차용하였습니다.

차례

# 3

**붕어빵**
**지웅, 하은, 지훤**

## 은표의 프롤로그

아침 8시, 거실에서 들려오는 소란스러운 소리에 잠을 깹니다. 촬영이 늦게 끝나 새벽에 잠이 들었기 때문에 늦잠을 좀 자고 싶기도 하고 피곤하기도 하지만, 이 소리는 저를 행복하게 하기에 기쁜 마음으로 밖에서 나는 소리를 한참 듣습니다. 거의 매일 아침 우리 집에서 들을 수 있는, 거실에서 막내 지훤이랑 제 아내가 웃고 떠드는 소리입니다.

우리 집은 '아침에 행복하자'가 나름 삶의 목표 중 하나인데요, 행복하게 사는 게 인생의 목표인 저와 아내가 행복의 시작점은 아침이 아닐까 생각해서 그렇게 정했습니다. 아침에 행복하면 하루 종일 행복할 수 있지만 아침에 기분이 조금이라도 상하면 하루 종일 행복할 수는 없겠지요.

그래서 우리 집에서는 아침에 각자가 기울이는 노력들이 있습니다.

엄마 아빠는 화내는 걸 최대한 자제합니다. 사실 아침엔 불화가 생길 수 있는 여지가 너무 많지요. 특히 집에 초등학생이 있으면 더 그렇습니다. 피곤한 아이 잠 깨우는 일, 준비물 챙기는 일, 밥 먹는 거, 세수하는 거 등등 일일이 나열하기가 힘들 정도지요. 하지만 아이는 미리미리 자기가 할 일을 알아서 챙기고, 엄마 아빠는 조그만 실수에 크게 신경 쓰지 않고 여유 있게 상황을 대하다 보면 다툴 일보다 웃을 일이 많아지는 것 같습니다. 그래서 우리 집에선 아침마다 축제가 열립니다.

우리 가족은 저와 제 아내 하얀 씨, 큰아들 지웅이, 둘째 딸 하은이, 막내아들 지훤이 이렇게 다섯 식구입니다. 아이 셋을 키우다 보면 같은 핏줄이어도 참 많이 다르구나 하는 생각이 듭니다. 성격도 다르고 식성도 다르고 행동도 제각각이지요. 하지만 우리 부부는 각자를 존중해주려고 노력합니다. 가족끼리 통일하거나 맞추려고 할 때도 있지만 때로는 서로 원하는 걸 할 수 있게 하기도 합니다. 예를 들어 식성이 달라서 외식할 때 누구는 한식, 누구는 중식, 또 누구는 패스트푸드를 먹고 싶다 하면 각자 원하는 걸 먹을 수 있게 하는 거죠. 일단

식당이 많은 곳을 찾아가서 지웅이는 중화요리, 하은이는 청국장, 지훤이는 햄버거, 우리 부부는 추어탕을 먹으러 갑니다. 신용카드나 현금을 들려주고는 다 먹고 어디서 만나자 하면 정말 신나게들 자기가 먹을 음식을 찾아가죠. 이렇게 하니까 저마다 원하는 음식을 먹겠다고 다툴 일이 없고, 소극적이고 부모 의존도가 높아 혼자 뭔가를 하는 걸 두려워하던 지훤이도 적극적이고 당당하게 주문하는 아이로 변했던 것 같습니다. 요즘은 가끔 학교 끝나고 혼자 마라탕 먹고 오겠다며 아빠 신용카드를 달라고 할 때가 있어요. 결과적으로 이런 긍정적인 효과도 있었겠지만 그것보다 우리 가족이 놀이처럼 이런 과정을 즐겼고 행복해했다는 점이 좋았던 것 같습니다.

아이들이 참 다르다는 건 책 읽기에서도 느꼈습니다. 지웅이는 대학교 들어가기 전까지 학습만화, 동화, 잡지 등 6천 권 정도의 책을 읽었는데, 어렸을 때부터 도서관이나 서점에 데려다주면 몇 시간씩 앉아 책을 읽곤 했습니다.

지웅이 초등학교 2학년 때로 기억합니다. 어느 날 동네 조그마한 도서관에 혼자 가서 책을 읽겠다고 하길래 보냈는데 저녁때쯤 엉엉 울면서 오는 것이었습니다. 우리 부부는 너무 놀라서 무슨 일이냐고 물었습니다. 그랬더니 도서관 문 닫는다고 집에 가라고 했다며 책을 더 못 읽는 게 슬퍼서 운다고 하더라구요. 그때 우리 부부는 애들이 다 책을 좋아할 거라 생각하게 되었죠.

하은이도 지웅이처럼 책을 좋아할 거라 생각했는데 그렇지 않더라고요. 처음에는 책 읽는 걸 좋아하는 오빠를 칭찬하고, 그걸 이용해서 자극을 주면 하은이도 승부욕이 있으니 자극 받아서 책을 보지 않을까 생각했는데 오히려 역효과가 나타더라구요. 오빠는 잘하는데 나는 못해, 오빠는 공부도 잘하는데 나는 못해, 이런 식으로요. 우리 부부는 다행히도 모 방송 출연 중 전문가의 도움으로 그런 하은이의 소극적인 모습이 우리 잘못이라는 걸 알게 되었습니다. 두 살 많은 지웅이는 항상 뭐든지 빨라 그때마다 우리 부부는 칭찬을 아끼지 않았는데, 그 칭찬이 하은이를 위축시키고 소극적인 아이로 만들었을 수도 있다는 진단을 받았습니다. 지웅이가 칭찬받을 때마다 하은이는 '오빠는 잘하는데 나는 못해.'라고 생각했을 수 있다는 거죠.

전문가들은 우리에게 거꾸로 칭찬법을 알려줬습니다. 지웅이가 잘하는 걸 하은이에게 칭찬해주고 하은이가 잘하는 걸 지웅이에게 말해주는 건데, 예를 들어 어느 날 하은이가 책을 읽고 있으면 칭찬을 해주는 거죠. "와, 지웅이도 책을 좋아하는데 하은이는 더 좋아하는 것 같네. 2년 후에는 하은이가 책을 더 많이 읽을 것 같다." 이런 식으로 칭찬을 하면 하은이는 으쓱해하면서 의욕을 얻고, 책을 훨씬 많이 읽는 지웅이는 절대 상처받을 일이 없는 거죠. '칭찬은 고래도 춤추게 한다.'라는 말이 있는가 하면 '칭찬을 잘못하면 할아버지 수염을 잡아당긴다.'라는 말도 있습니다. 칭찬이 무조건 좋은 것만은 아니라는 생각을 했던 것도 같습니다. 우리 부부는 거꾸로 칭찬법과 기를 살려주는 칭찬이나 말들을 통해 하은이를 적극적이고 의욕적인 성격의 아이로 바꿔줄 수 있었습니다. 그 후 만화책만 좋아하던 하은이는 만화 한 권 읽으면 글밥 적은 글책도 한 권 읽는 징검다리 학습법을 통해 조금씩 책 읽는 양을 늘려서 지웅이만큼은 아니지만 제법 많은 양의 책을 읽게 되었습니다.

'서로 다름'의 끝판왕은 셋째 지훤이가 아닌가 싶어요. 훤이는 일단 공부하는 게 싫다고 하네요. 수학도 싫고 영어도 싫고 책도 싫고…. 아침에 일어나면 첫 마디가 "아, 학교 가기 싫다."입니다. 우리 부부는 그런 지훤이의 행동이나 말에 별다른 반응을 보이지는 않습니다. 오히려 "그래? 그러면 어쩌지? 오늘 학교 가지 말까?"라고 하면 "학교는 가기 싫지만 그래도 안 갈 수는 없지. 가야지. 행복해. 난 행복해." 이러면서 말을 끝내죠.

책 읽기가 싫다고 하는 휜이에게 책을 읽힌 비법이 있습니다. 아침에 일어나면 무조건 첫 번째로 해야 하는 행동, 그것은 바로 책 펼치기입니다. 학습만화도 좋고 그림책, 글책 무슨 책이라도 좋으니 일단 펼치는 거죠. 읽는 양도 상관없습니다. 한 페이지든 두 페이지든 그날 읽고 싶은 만큼 읽으면 됩니다. 물론 엄마 아빠는 그 규칙에 관여하지 않습니다. 며칠 동안 책을 펼치기만 하던 휜이가 어느 날은 자기도 미안했는지 제법 오랫동안 책을 읽더라구요. 그러면서 조금씩 읽는 양이 늘어가고 있습니다. 초등학교 졸업하기 전에 책 읽는 재미에 빠지지 않을까 하는 기대를 살짝 해 봅니다.

아침 루틴이라고 해야 할까요? 아침에 어떤 습관을 만드느냐는 우리에게 굉장히 중요했고 효과도 좋았는데요. 지웅이, 하은이는 아침에 일어나면 책상에 앉아 공부를 했습니다. 공부를 좋아해서는 아니고 그날 해야 하는 분량을 다 끝내면 남는 시간 동안 무조건 하고 싶은 걸 하게 해줬더니 하루 종일 놀고 싶은 마음에 아침에 공부를 한 거죠. 여기서 중요한 건 뭘 하고 놀든 부모는 간섭하면 안 된다는 것입니다. 아이들과 한 약속은 꼭 지켜야 합니다. 이런 스스로 학습법에 적응하면 중학생, 고등학생이 되었을 때 부모의 간섭이나 도움 없이 자기주도로 공부하는 아이를 볼 수 있습니다. 실제로 지웅이나 하은이는 자기주도로 공부를 했고, 저나 아내는 아이를 학원에 태워다주고 데려오는 것 말고는 한 일이 없습니다. 우리 부부가 아이들 학습에 도움 준 것이 별로 없다는 생각을 하니 부끄러움이 앞섭니다.

다행히도 방송에 노출된 우리 집 이야기를 좋아해주시고 듣고 싶어하시는 분들이 많아 여러 곳에서 초대받아 강연도 다니지만, 강연에서도 학습에 관한 내용보다는 행복하게 살기 위해 노력하는 우리 가족의 모습을 위주로 말씀드리는 편입니다. 한편으론 우리 부부의 행복하게 살자는 생각 때문에 아이들에게 놓치고 있는 게 있지는 않나 걱정이 많습니다..

오늘산책 유윤희 대표님은 2020년에 처음 만났습니다. 그전에도 몇몇 출판사로부터 제의를 받기는 했지만 아이들 학습법에 관한 책을 쓰자는 말에 용기가 나지 않아 정중히 거절했었는데, 유 대표님은 방송에 비친 지웅이, 하은이가 사춘기

임에도 표정이 너무 밝은 것이 인상적이었다면서 우리 부부의 이야기를 듣고 싶다고 했습니다. 물론 우리 부부는 스스로의 이야기를 책으로 쓰는 건 더 민망하고 창피했기에 고사를 했죠. 그래도 얼굴 한번 보고 인사하고 싶다는 청을 거절하지 못하고 만난 게 잘못이었다는 생각이 듭니다.

큰 키에 마른 몸매, 약간은 서구적이면서 따뜻한 인상을 가진 유 대표님은 순수하고 맑은 눈빛으로 우리 부부를 오래 만난 친구처럼 만들었습니다. 우리 세 사람은 자주 만남을 가졌고 책 이야기는 뒷전이 되었습니다. 그러다가 코로나 상황이 길어지면서 출판 이야기는 잊혀갔는데, 지웅이가 서울대학교에 합격하는 사고(예상하지 못한 일이니 사고가 맞죠)가 터지고 합격 확인하는 영상을 개인 채널에 올린 것이 기사화되면서 일이 커져버렸죠. 서울대를 졸업하고 방송에 나오는 사람은 많지만 어려서부터 방송에 나오던 아이가 서울대에 입학했으니 약간 이슈가 되지 않았나 싶습니다.

이후 열 군데가 넘는 출판사의 연락을 받았습니다. 거절의 명분은 확실했습니다. 이미 약속한 출판사가 있고 얘기가 진행 중이라고요. 언제부턴가 책을 쓰면 꼭 오늘산책이랑 하겠다고 생각하고 있었던 것 같습니다.

오래 기다려준 오늘산책 유윤희 대표님, 고맙습니다. 유 대표님 소개로 만나 언제인지도 모르게 친구가 된 에디터스랩 김장환 대표님, 책의 방향성을 제시해주시고 우리가 지쳐 있을 때 포기하지 않게 용기를 주셔서 고맙습니다.

지웅, 하은, 지환아, 엄마 아빠의 아들딸로 태어나줘서 고맙다. 너희랑 살아가면서 미성숙했던 엄마 아빠도 조금씩 어른이 되고 있는 것 같다. 사랑해.

무엇보다 혼자라면 힘들었을 텐데 함께여서 모든 것을 가능하게 해준 아내이자 우리 집 기둥이자 이 책의 공동 저자 하얀 씨에게 모든 공을 돌립니다. 부끄러움도 당신이랑 반씩 나눌 수 있어 다행입니다. 사랑합니다.


독자 여러분께 드리고 싶은 말씀이 있습니다.

책을 읽으시다 보면 편지체로 쓰인 부분도 있고 평서법으로 쓰인 부분도 있을 겁니다. 글의 모양새가 어설프다 느끼실 수도 있을 겁니다.

출판사 편집팀에서 공들여 문체를 매끄럽게 다듬어주셨는데 문제가 있었습니다. 글이 너무 잘 정리돼서 우리 부부가 글을 잘 쓰는 작가처럼 보일 수 있다는 것이었습니다. 저나 하얀 씨는 서투르면 서투른 대로 독자님들을 만나고 싶다고 고집을 부렸고, 이렇게 어설픈 책으로 마무리를 하게 되었습니다. 혹시라도 책의 문체나 디테일이 설익었다면 그건 출판사 잘못이 아닌 작가들 역량 때문이니 이해를 부탁드립니다.

하얀의 프롤로그

〈신박한 정리〉를 보고 찾아온 오늘산책 대표님이 해주신
말씀은 나에게도 큰 울림이었다. 당연히 깨끗한 집으로 바뀌
어 좋으냐, 잘 유지하고 있냐가 먼저일 줄 알았는데 지저분한
집(이렇게 표현하시진 않았다^^)을 방송에 공개하면서도 어찌
그리 밝으냐, 사춘기 아이들이 가족과 같이 있을 때 표정이
어찌 그리 밝을 수 있느냐는 질문이 나왔다. "그랬나요? 엇!
그건 몰랐네요." 늘 그리 살고 있어서 몰랐는데 그 후로 곰곰
이 생각해 보니 참 감사한 일이었다.

아이들과 방송에 나갈 때면 아이들에게 동의를 구하는 회
의를 한다. 〈신박한 정리〉를 할 때도 그랬다. 이러이러한 방송
이 들어왔다 하니 아이들 반응은 '뭐 굳이?'였다. 그런 아이들

을 내가 설득했다. "엄마는 오래 살아서 이제 버릴 거 버리고 싶고 어디다 버려야 하는지도 모르겠어서 하고 싶어. 한 번만 하자." 그랬더니 "그래, 엄마가 하고 싶으면 그렇게 하자."라고 해서 시작된 거였다. 방송을 하게 되고 이런저런 정리도 도와준 아이들에게 너무 고마웠다. 그러고 보니 정리를 참 못하는 나에게 별다른 불평이 없던 것도 고마웠다. 밝게 묵묵히 자기 자리에서 스스로의 일을 하고 있는 것도 고마웠다. 너무나 고마운 것이 많지만 그냥 그렇게 사는 거지 하고 모르고 살았는데 대표님의 질문이 나에게도 떨림을 주었다. 나이를 먹을수록 감사한 것이 쌓여가는 것, 그동안 어떻게 살았으며 어떻게 감사함을 알게 되었는지 사부작사부작 내 얘기를 써 보는 것도 좋겠다 싶었다. 누가 봐도 평범한 내가.

누구와도 다르지 않은 내 얘기를 사람들이 좋아할까 싶기도 했지만 그래서 또 공감할 수도 있겠다는 생각이 들었다. 밀린 일기를 쓰는 기분이었지만 또 그렇게 나의 과거를 회상하는 일은 재미있었다.

옛날 노래를 들으면 노래에 눈물이 나는 게 아니라 그 시절의 내가, 내 상황이 생각나서 울고 웃곤 한다. 내 글이 누군가에게 그런 기억을 끄집어내는 잠깐의 휴식이면 좋겠다.

# 1

# 해를 품은 달

은표 이야기

사랑하게 된 하얀아,


우리가 결혼한 지 벌써 20년이 훌쩍 넘었네.

시작은 당신이 먼저였고, 나를 향한 당신의 사랑이 얼마나 큰지

도 잘 모르고 받기만 했는데 그래도 지금은 나도 당신을 제일

사랑한다고 자신 있게 말할 수 있어. 가끔 훤이가 물어 보면 훤이

를 세상에서 제일 사랑한다고 말하기는 하는데 당신은 이해해줄

거라 믿어.

우리는 대화를 참 많이 하는데 둘 다 말이 많다 보니 대부분의

시간을 농담과 장난으로 보내지. 하지만 기억에 남을 좋은 말들

도 있었던 것 같아. 그럴 때마다 좀 적어놓을걸 하는 후회를 하기

도 했던 것 같네. 그래서 기록을 좀 해 볼까 해.

우리의 수많은 대화 중에 들어 있었을 거고 당신은 아는 얘기겠

지만 했던 얘기 또 한다 생각 말고 들어줬으면 좋겠어.

# 오래된 기억

당신이 오래전에 가장 오래된 기억이 뭐냐고 물은 적이 있어. 가장 오래된 기억? 그러니까 제일 어렸을 때 기억을 말하는 거지?

지웅이는 농담으로 엄마 배 속에 있었던 것도 기억난다고 하는데 나는 여섯 살 때 학교에 간 셋째 형을 동네 어귀에서 기다리던 게 가장 오래된 기억이야. 난 4남 1녀 중 막내잖아. 시골에서 농사 지으시던 부모님 슬하의 다섯 남매 중 막내였으니 내 자의로 뭘 했던 기억이 별로 없는 것 같아. 그나마 셋째 형은 나를 너무 이뻐하고 챙겨줘서 지금도 형에 관한 기억은 너무 따뜻하고 좋아. 췌장암으로 젊은 나이에 세상을 뜬 형이 지금도 보고 싶고 가끔 형 생각에 울기도 하지.

여섯 살 때 학교에 간 형을 기다린 건 급식으로 나오는 빵을 형이 반쪽만 먹고 반쪽은 나 주려고 가져왔기 때문이야. 멀리서 형이 보이면 형도 나도 서로 뛰었던 것 같아. 이산가족 상봉은 저리 가라 할 정도로 기분 좋은 순간이었지. 그런데 어느 날 형이 엉엉 울면서 오는 거야. 챙겨오던 빵을 옆 동네 불량한 선배한테 뺏긴 거지. 그날 나도 형도 참 많이 울었었어. 아, 형 보고 싶다.

그다음 기억은 일곱 살 때야. 어느 날 아침 동네에 나왔는데 같이 놀던 친구들이 안 보이는 거야. 알고 보니 초등학교 (아, 그때는 국민학교) 입학식 날이었던 거야. 또래 친구들이 많아서 한 살 차이는 그냥 친구였거든. 근데 그 친구들이 다 학교에 갔으니 얼마나 속상했겠어. 집에 가서 엄마한테 졸랐나 봐. 여기까진 내 기억에는 없어. 나중에 엄마가 말해주신 거고, 내 기억은 학교 가는 길이 완전 산길이었는데 엄마 손 잡고 걸으면서 엄마한테 혼나던 일이야. 썩을놈이 나이도 안 되는데 학교 간다 억지 쓴다고 욕이 섞인 질책을 들으면서도 학교 간다는 생각에 웃으면서 걷던 기억이 나. 그래서 일곱 살에 학교에 다니게 되었고 한 살 많은 친구들이 많아. 나중에 속았다고 하는 친구들도 있었고 욕하는 친구들도 있었어. 물론 사회 나와서는 웬만하면 나이대로 살려고 하고 있어.

그렇게 일곱 살에 학교에 갔고 키도 작고 공부도 애매하게 하는 아이가 내 어린 시절의 모습이야. 내가 생각하는 내 모습은 평균 이하 딱 그 정도였던 것 같아. 중학교 졸업할 때까지도.

그런데 고등학교 입학하면서 내 인생이 바뀌었어. 공부를 잘하지 못했으니 도시로 진학하지 못하고 시골에 있는 학교에 입학했는데 1학년 때 학교에 연극반이 생긴 거야. 촌놈이 뭘 알겠어. 우연히 연극반에 들어갔는데 담당 선생님이 너무 예쁘신 거야. 그분한테 잘 보이려고 열심히 했는데 하다 보니 너무 재미있더라고. 물론 공연이라고 했지만 지금 생각하면 콩트 수준이었어. 문화적 혜택이라고는 흑백 TV가 유일한 평균 이하의 촌놈에게는 엄청 큰 충격이고 궁금함이었어. 사람들 앞에 섰을 때의 설렘이 무척이나 크게 다가왔고 좀 더 제대로 배워 보고 싶다는 생각이 들었지.

선생님들께 여쭤 보니 광주에 연극하는 극단이 있다는 거야. 난 무작정 버스 타고 광주로 갔어. 지금은 길이 좋아져서 한 시간도 안 걸리지만 그때는 완행버스가 다니던 시절이어서 두 시간 가까이 가야 했어. 난 길도 모르는데 물어물어 찾아갔지.

그렇게 조그마한 극장에 도착해서는 누군지도 모르는 사람을 붙잡고 연극하고 싶다고, 어떻게 하면 되느냐고 물어봤어. 다행히 극단 관계자였던 그분이 청소년 극단이 있는데 거기서 연기 수업도 한다고 말해주셨어. 그때부터 일주일에 한 번씩 광주에 올라가서 연기 수업을 받기 시작했어. 근데 수업이 광주 사는 친구들 시간에 맞춰져 있다 보니 밤에 시작하고 끝나면 늦은 시간이라 집에 가는 버스가 끊겨 있는 거야. 그렇다고 일찍 나올 수도 없고 광주에 연고도 없고 돈도 없고 잘 곳도 없고…. 할 수 없이 일주일에 한 번 노숙을 했어. 어디서 그런 무모한 용기가 나왔는지 나도 모르겠어. 그저 일주일에 한 번 오는 그날이 너무 기다려지고 설레고 좋더라고.

　문제는 겨울이 다가오면서 추워지고 있었다는 거. 더 이상 노숙은 안 되겠구나 생각하며 사람이 안 다니는 조용한 곳에 누워 있는데 멀리서 불빛 하나가 깜빡깜빡 하는 거야. 자석에 끌리듯이 그곳으로 가봤지. 당구장이었어. 난 문을 열고 들어가서 사정 얘기를 했어. 최대한 불쌍한 표정으로 시골에서 왔고 연극을 하고 싶은데 잘 곳이 없다고…. 내가 불쌍해 보였나 봐. 당구장 주인아저씨가 창고방에서 자고 아침에 청소한다는 조건으로 재워주셨어. 나 정말 열심히 청소했다. 주인아저씨가 이쁘게 봐주셔서 꽤 오랫동안 일주일에 한 번 당구장에서 잠을 잤어. 아저씨가 어느 날 당구장을 폐업한 뒤에는 연락도 안 되고 만나지도 못했지만 내 인생에 고마운 은인 중한 분이시지. 그렇게 연기에 미쳐서 공부는 뭐 전혀 하지 않고 고등학교 시절을 보냈어. 그러니 대학을 가는 건 말도 안 되는 상황이었어.

고등학교 졸업하고 광주에 있는 극단에 들어갔어. 열심히 연극을 했지. 근데 지방에서의 활동은 한계가 있더라고. 서울로 가고 싶다는 생각을 하고 연극하는 선배들한테 상의했더니 연기만 잘하면 대학에 갈 수 있다는 거야. 지금은 어떤지 모르지만 그때 연극과 중에 실기만 보는 학교도 있었거든. 난 열심히 준비했어. 그리고 대학에 들어갔지.

이상이 내가 서울 오기 전까지의 기억이야. 대부분 기억이 안 나지만 치열하게 살았던 건 확실해. 연극을 알고 그 매력에 빠져서 정말 열심히 했지. 내 꿈은 배우가 되는 거였어.

얼마 전 강연을 갔는데 어떤 분이 꿈이 뭐냐고 물으시더라. 사실 육십 가까워지는 나이에 꿈에 대한 질문을 받아 당황스럽긴 했지만 내 꿈은 여전히 배우가 되는 거야. 물론 지금도 배우지만 늙어 죽을 때까지 배우이고 싶은 거지.

# 아부지와 엄마

———

와! 어렵다. 지금 나보고 그걸 대답하라고? 진짜 어렵다~!

대답하기 전에 아부지랑 엄마 얘기를 좀 해야 할 것 같아. 두 분은 공통점이 참 많으셨어. 위트가 있으셨고 성품이 착하셨고 제대로 된 교육을 못 받으셨고 그럼에도 똑똑하셨고, 비록 키는 작지만 나한테는 거인 같은 분이셨지. 물론 자식 입장에서 생각하는 거니까 좀 과장된 건 이해해줘. 아, 그리고 얼마 전에 돌아가신 것도 비슷하네.

엄마는 10년 정도 치매를 앓으셨고 그중 반 이상을 아부지가 병시중을 드셨지. 가끔 시골에 내려가서 엄마 때문에 힘드시냐 여쭤 보면 괜찮다 하셔서 걱정을 안 했는데 어느 해에는 힘들단 얘기를 어렵게 하셨어. 뭐든 잘 참으시고 성실하셨던 아부지가 그렇게 말씀하실 정도면 우리가 짐작조차 못할 만큼 힘드셨을 거야. 당신도 알걸. 엄마가 보였던 치매 증상. 대소변도 문제지만 아부지가 집을 비우셨을 때 엄마가 집을 나가시면 아부지는 엄마 찾아서 한참을 헤매곤 하셨지. 그때 아부지가 좀 편하셨음 해서 엄마를 요양병원으로 모셨지. 물론 아부지는 그래도 되는 건지 걱정도 많이 하셨고 엄마한테 미안하다고 속상해하기도 하셨어. 엄마 돌아가시고 1년도 안 돼서 아부지도 따라가셨지.

두 분은 사이가 참 좋으셨어.

당신 기억나? 우리 신혼 때 엄마 아부지 우리 집에 오셨을 때 밥 먹고 내가 꼭 당신한테 뽀뽀하면서 잘 먹었다고 하면 두 분이 눈을 흘기셨지. 그러다 어느 날 뽀뽀를 안 하면 아부지가 오늘은 왜 안 하느냐며 하라고 시키기도 하셨지. 호수공원이든 어디든 놀러가면 우리는 늘 손을 잡고 걸었는데 어느 날 아부지도 엄마 손을 잡으면서 "우리도 손잡을 줄 안다." 하시며 쑥스러워하셨지. 내 기억에 두 분이 손잡고 걷는 걸 처음 봤던 것 같아. 그때 아, 이런 것도 전염이 되는구나 싶었어. 그 뒤로 두 분이 손잡고 걷는 모습을 자주 보곤 했지.

두 분은 협업이라고 해야 하나 의견 통일이라고 해야 하나,

아무튼 합이 잘 맞으셨어. 특히 나한테 뭔가를 원하실 때 그 진가를 발휘하시곤 했어.

내가 한창 연극을 할 때의 일이야. 두 분은 아들이 연극을 하면 텔레비전에도 나오고 그럴 거라 기대하셨나 봐. 그런데 나오지도 않고, 하고 다니는 행색을 보니 그럴 기미도 안 보이고, 궁금은 한데 물어볼 수도 없고 답답하셨나 봐. 여름에 시골집에 내려갔을 때 두 분이랑 같이 텔레비전으로 일기예보를 보는데 엄마가 "아야, 잠자리 텔레비 나온다." 그러시는 거야. 난 무심코 "예, 그러네요." 하고 대답했어. 그리고 한참 시간이 지났는데 아부지가 들릴 듯 말 듯 한숨을 쉬시면서 "아이고, 잠자리도 텔레비전 나오는디~." 그리고 오랫동안 침묵이 이어졌지. 더 무슨 말이 필요하겠어. 그 말속에 묻고 싶은 말이 다 있는데.

그렇게 짧은 몇 마디로 상황을 정리한 일은 또 있었어.

시골에 내려갔는데 아부지가 타시던 오토바이가 오래돼 보이길래 무심결에 "오토바이 안 바꾸셔도 돼요?" 하고 물었지. 근데 아부지가 아직 괜찮다면서 뭐 그런 데 돈을 쓰냐 하시는 거야. 그러고는 난 서울로 올라왔어. 아, 그때는 내가 영화랑 방송에 나오면서 수입이 좀 있었어.

그리고 며칠이 지났는데 아부지한테 전화가 왔어.

"예, 아부지."

"응, 난 저그 오토바이 샀다."

"아, 잘하셨네. 얼마짜리요?"

"응, 104만 원인디(세 호흡 정도 침묵–이것은 아부지가 정확한 공격을 준비하는 타임이야) 4만 원은 내가 냈다."

그걸로 대화는 끝. 모든 상황은 정리되는 거지. 나머지 100만 원은 내가 내야 하는 거지.

당신이랑 결혼하기 전, 역시 두 분이 서울에 오셨을 때의 일이야. 엄마 생각에 아들이 돈벌이를 하면 선물 하나 사줄 법도 한데 기미가 안 보이니 나름 작전을 짜 오셨던 것 같아. 셋이서 밥 먹고 쉬고 있는데 어머니가 슬쩍 내 눈치를 보고는 본인 팔에 채워져 있는 팔찌를 보여주면서 말씀하시는 거야.

"아야, 이거시 5천 원짜리여야."

"어, 이쁘네."

"근디 사람들은 금인지 알아야."

"오! 금 같네."

(두 번의 공격이 실패로 돌아가자 한참 침묵이 이어지고)

"근디 껍딱이 벗겨져야~."

팔찌 하나 사달라는 얘기를 참 어렵게 하신다 싶기도 하고 하나 사드리겠다는 생각도 마침 있었기에 그길로 금은방에 가서 팔찌를 사드렸어. 근데 그때까지 아무 말씀 없이 구경만 하던 아부지가 날 부르시는 거야.

"아야."

"예, 아부지."

(세 호흡 정도 시간을 갖고)

"난 머 없냐?"

"아부진 뭐 해드릴까요?"

"나는 돈으로 주라."

"얼마나 드릴까요?"

"엄마한테 쓴 만큼."

그날 제법 큰 지출을 했지. 그 뒤로도 서울에 오시면 가끔 금붙이를 사드리곤 했어. 그러다 결혼 후 내가 일이 줄어들고 경제적으로 힘든 시기를 겪을 때 당신이랑 지웅이, 하은이 데리고 고향에 갔는데 엄마가 우리 힘든 걸 눈치채셨는지 서울 올라올 때 당신 손에 조그만 주머니를 하나 쥐여주셨지. 집에 와서 주머니를 확인하니 그 안에 제법 묵직한 목걸이랑 반지가 들어 있었어. 엄마한테 전화해서 뭐냐고 물으니 가져다 팔아 쓰라고 하셨지. 사실 생활이 좀 어려웠기에 우린 팔 수밖에 없었어. 내가 엄마 사드릴 때 50만 원도 안 하던 목걸인데 팔 때는 270만 원인가 받았지. 엄마한테 너무 죄송해서 그날 참 많이 울었지. 당신도 나도…. 엄마가 금테크를 그렇게 하실 줄은 몰랐어. 그 뒤로 형편이 좋아졌을 때 우리가 또 사드리긴 했지. 아버지도 돌아가시기 전에 우리를 조용히 불러 제법 많은 돈이 들어 있던 통장을 주면서 자식들과 손주들 똑같이 나눠 가지라고 하셔서 장례식 끝나고 나누었고.

아부지 엄니는 세상을 참 따뜻하게 사셨던 것 같아. 4남 1녀 중 막내인 난 그래도 두 분 사랑을 많이 받았고 두 분은 막내 며느리인 당신을 많이 아끼셨지. 여기까지가 두 분에 대한 이야기야.

근데 당신이 물어본 "엄마가 좋아 아빠가 좋아?"에 답을 하기는 참 어렵다. 어렸을 때는 맘속으로 엄마가 더 좋았는데 돌아가실 때까지 정정하고 강단 있으셨던 아부지처럼 늙어가고 싶은 마음이 있어서인지 솔직히 지금은 아부지가 좀 더 좋은 것 같기도 해(엄마 죄송해요!).

# 딱 서른 살까지만

위기가 있었지.

그때가 스물여덟 살쯤이었는데 연기는 하고 싶은데 경제적으로 너무 힘드니까 누군가 "너는 연기에 재주가 없다. 그만해라."라고 해주면 좋겠다는 생각도 했던 것 같아. 연극해서 나오는 돈은 장난처럼 연봉이 백이 안 된다는 말을 자주 하곤했어. 사실 100만 원도 안 되고 계산해 보니 1년에 60여만 원 벌었나 그래. 서울에 아무 연고도 없고 기댈 데도 없었던 나는 그 돈으로는 먹고살기가 힘들었어. 그래서 선택한 게 새벽시장 커피 배달 알바야. 그때는 편의점도 없고 밤에 일할 수있는 곳이 거의 없었거든. 당시 남대문시장은 새벽에 지방에서 옷 도매하러 오는 사람이 정말 많았어. 난 조그마한 매장에서 대기하고 있다가 인터폰으로 주문이 오면 커피가 담긴 종이컵을 쟁반에 받쳐 들고 배달을 갔어. 어떤 때는 스무 잔을 들고 뛰어가기도 했어. 왜 뛰었냐고? 식으면 안 되잖아. 그렇게 밤 12시부터 아침 8시까지 일하고 오전에 집이나 사우나에 가서 잠을 자고 오후에는 극단에 나가 연극 연습을 했어. 지금 생각하면 육체적으로 가장 힘든 시기이면서 내 인생에 제일 바쁜 시기이기도 했던 것 같아. 그때 시장에서 마주쳤던 얼굴들, 표정들이 연기하는 데 도움이 많이 되었고 지금도 그때의 특이했던 몇몇 사람 모습이 떠올라. 그렇게 생동감 넘치는 현장이었지만 미래가 너무 불투명하니까 난 답답하기만 했지.

우리 지웅이도 경험하겠지만 군대 갔을 때 100킬로미터 행군을 하거든. 응? 나도 군대 갔다 왔지~. 행군을 하면 쉬는 시간, 밥 먹는 시간까지 해서 꼬박 24시간 넘게 걸어야 하는데 난 처음 두 시간이 너무 힘들었어. 왜냐면 키가 작잖아. 다른 친구들 두 발 갈 때 난 세 발을 가야 속도를 맞출 수가 있었어. 키 작게 낳아주신 부모님을 가끔 원망했었는데 그때도 그랬던 것 같아.

그래도 다행인 건 부모님께서 악바리 같은 성격도 주셨잖

아. 두 시간 정도 걸으면 다들 지치거든. 그럼 그때부터는 충분히 속도를 맞출 수 있었고, 오히려 난 갈수록 쌩쌩해져서 마지막 부대 복귀할 즈음에는 아마도 가장 쌩쌩한 모습이었던 것 같아. 물론 이건 내 생각~.

근데 처음 두 시간 걸을 때 그런 생각을 했던 것 같아. 너무 힘드니까 옆을 지나가는 차가 있으면 내가 부딪칠 용기는 없고 저 차가 나를 살짝 받아줬으면 좋겠다, 죽지는 않고 다쳐서 차에 실려가면 좋겠다…. 연극을 하면서도 비슷한 생각을 했어. 내가 그만두지는 못하겠고 누가 말려줬으면 좋겠다…. 근데 누가 말리겠어. 내 인생인데.

그때 세운 목표가 서른 살이었어. 딱 서른까지만 해 보자. 그때까지도 희망이 없으면 그만두자. 아마도 그만뒀을 수도 있어. 그럼 당신도 못 만났겠다.

그해에 두 작품에서 내 인생을 바꾼 두 역할을 만났어. 하나는 연극 〈백마강 달밤에〉. 거기서 나는 평생을 무당으로 살다가 죽기 직전에 이른 할멈 역할을 맡았어. 또 하나는 〈비닐하우스〉라는 연극의 수은중독으로 고통스러워하는 소년 역할이었어. 두 역할 다 나한테는 정말 극적으로 다가왔어. 할멈 역할은 원래 명성이 있는 원로 배우분이 하시기로 했어(물론 여자분이지). 근데 연습은 시작했는데 그분 스케줄이 꼬이고 그분을 모시면 연습이 쉽지 않은 상황이 된 거야. 어쨌든 연습은 해야 하니까 어린 내가 할멈 역할을 대신하곤 했어. 극단에 여자가 없었고 남자 선배들만 많았거든. 그러던 어느 날 연출 선생님이 날 부르시더니 할멈 역할을 하라는 거야. 난 싫다고, 안 하겠다고 했지만 어쩔 수 없는 상황이기도 했어. 정말 하기 싫었어. 90세 가까운 노인, 거기다 여자 역할을 스물여덟 남자 배우가…. 답이 안 나오는 상황이지만 어떡해, 하긴 해야지.

그날부터 극단에 있는 캠코더를 들고 할머니들을 찾아다녔어. 시장도 가 보고 길거리에서도 할머니만 보이면 촬영해서 영상을 분석하곤 했어. 근데 내가 찾는 할머니는 무당이잖아. 죽음 직전의, 몸에 힘은 없고 눈빛은 살아 있는…. 그런 할머니가 어디 있겠어.

그런데 일주일쯤 헤매고 다녔을 때 광화문 사거리에서 그런 할머니를 만났어. 길거리에서 좌판을 벌이고 과일을 파는 할머니였는데, 손님이 없을 때 가만히 앉아 담배를 피우거나 의욕 없이 졸고 있는 모습이 죽음 직전의 할머니가 꼭 저렇지 않을까 싶었어. 그러다 손님이 오면 눈빛이 어찌나 반짝이고 활발해지던지 정말 유레카를 외치고 싶었어. 약 3일 정도를 할머니께 양해를 구하고 멀리서 촬영을 했던 것 같아. 마지막 날 담배 한 보루를 사다드리면서 고맙다고 인사드리고 왔지. 그러고는 그 영상을 분석하면서 할머니 역할을 만들었어. 그때 사람의 몸이, 아니 노인의 몸 선이 참 이쁘다는 생각을 했어. 할머니가 앉아서 담배를 피우시는데 힘없이 축 처진 손등의 선이 너무 자연스럽고 이쁜 거야. 그런 걸 흉내 내려고 노력 많이 했지. 물론 할머니처럼 힘을 빼는 건 쉽지 않았어. 내 연기가 저 정도 힘을 빼고 자연스럽게 나오면 좋겠다 생각했지. 지금도 내 연기의 목표는 힘을 빼는 거, 그만큼 자연스럽게 하는 건데 잘 안 되네. 죽기 전에 한번쯤 그런 연기를 하고 싶어.

외양은 할머니 덕분에 제법 찾았는데 소리가 또 문제였어. 할머니인데 스물여덟 남자의 소리를 낼 수는 없잖아. 소리 연구도 많이 했어. 내가 낼 수 있는 소리를 다 내 봤지. 그리고 찾은 게 두성을 써서 나오는 약간 쇳소리가 섞인 소린데 설명하기가 쉽지 않네. 음, 피리의 높은음과 비슷하다면 이해가 될까? 암튼 그런 연구를 통해 만든 할멈 역할은 제법 성공적이었고 좋은 평도 많이 들었어. 중년의 어떤 유명 여배우는 공연 보러 와서 세 번을 놀랐다고 나중에 얘기해주었어. 처음에는 "야! 우리나라에 저런 여배우가 있었네!" 하고 놀라고, 두 번째는 공연 끝났는데 그 배우가 남자라서 놀라고, 누군지 얼굴 보겠다고 분장실에 왔다가 새파랗게 어린 배우라서 놀랐다고. 당시 연극판에서 이십대는 어린애였거든.

연기를 포기하지 않게 만들어준 또 하나는 수은중독에 걸린 소년 역할이었는데 우리가 수은중독 증상을 알 수가 없잖아. 수은에 중독된 사람을 볼 수도 없고 너무 막연하더라고. 그래서 무작정 의사 선생님을 찾아갔지. 근데 선생님도 모른다면서 의학사전에서 찾아봐주시더라고. 지금이야 검색하면 나오지만 그때는 검색 같은 게 없던 시절이니까. 사전에도 내용이 몇 줄 없다면서 수은중독은 내장이 타들어가는 고통이 있다고 말씀해주셨어. 내장이 타들어간다… 말만 들어도 고통이 느껴지는데 그 고통을 표현하기란 쉽지가 않았어. 자꾸 아픈 척 소리도 지르고 해 봤지만 아쉽기만 했지.

그런데 린치를 당하는 신을 연습하던 중 상대 배우 실수로 내 갈비뼈에 금이 가는 사고가 발생했어. 병원 가서 치료받고 다시 연습에 참여했는데, 아 역할의 고통이 너무 자연스럽게 나오더라고. 아프니까 소리가 안 나와. 그동안 소리 지른 건 다

거짓 연기였던 거지. 극한의 고통을 표현하는 연기를 내가 해 낸 거야. 완벽했어. 난 갈비가 부러졌으니까.

그 두 역할로 다음 해에 나는 연극계에서 권위 있는 동아연극상 연기상이랑 백상예술대상 신인연기상을 받았어. 지금도 어렵지만 당시에는 이십대에 그 상을 받기가 쉽지 않았거든. 그때 동아연극상 연기상은 최연소 수상이라 들었어. 상을 받고 생활이 나아지진 않았지만 서른까지만 해 보고 연기를 그만두겠다는 생각은 자연스럽게 접을 수 있었던 것 같아. 희망이 있나 보다, 조금 더 연기를 해도 되겠구나. 힘을 얻을 수 있었지. 그때가 내 연기 인생 최고의 고비였어.

그 뒤로도 경제적으로 힘들고 자잘한 고비들은 계속 있었지만 큰 고비를 한번 넘기고 나니까 웬만한 상황은 힘들다는 생각도 안 들더라고. 요즘 후배들이 힘들다고 고민을 얘기하면 일단 버티라는 말을 많이 해주려고 해. 버티고 그 자리에서 열심히 하다 보면 분명히 기회는 오는 것 같아. 잠시라도 거길 떠나면 오는 기회를 잡을 수 없으니까.

# 인생작품

인생작품? 너무 거창한데….

내 나이에 인생을 논하는 건 너무 이르니까 죽기 전에 인생
작품은 말해줄게~.

그래도 기억에 남는, 인생을 바꿔준 작품은 있지. 어떤 작품
이든 애정을 갖고 했고 나름 최선을 다했다고 생각하지만 가
끔 잊고 싶은 작품이 있기는 해. 그건 작품의 문제가 아니고
내가 캐릭터를 잘못 설정했거나 연기를 못했구나 싶을 때겠
지. 근데 지금은 뭘 잘못했는지 기억이 하나도 안 나네. 당신
도 알잖아. 내가 좋은 거 위주로 기억하는 거. 와아, 안 좋은
건 어제 일도 생각이 안 난다~.

그럼에도 굳이 얘기하라고 하면 안 좋았던 작품이라기보다

하기 싫었던 역할은 있었어. 〈마우스〉라는 작품의 덕수라는 역할이야. 덕수는 아동을 성추행하고 교도소에서 복역한 후 출소하는 인물인데, 극중에서 그런 행동을 하는 건 아니고 과거에 했었고 여전히 그런 성향을 가지고 있는 인물이었어. 배우는 어떤 역할을 맡으면 최대한 그 인물이 되려 노력하고 인물이 했을 법한 행동이나 생각을 상상하거나 비슷하게 흉내라도 내 보려고 하거든. 근데 내가, 애 셋을 키우는 아빠가 그런 걸 상상이라도 할 수 있었겠어? 차라리 살인자라면 상상해 볼 수 있었을까 이건 너무 어려웠어. 최대한 나쁜 생각을 해 보고 최대한 나쁜 눈빛을 내보려고 노력하는 것밖에는 방법이 없었어. 어떤 배우는 같이 연기를 하면서도 나한테 왜 이런 역할을 맡았느냐고 묻기도 했어. 그럴 땐 동료도 이해를 못해주는데 시청자들은 어떻게 볼까 걱정이 되기도 했지.

다행히 방송이 되고 나서 역할은 욕을 많이 먹었지만 배우 정은표를 욕하는 사람은 많지 않았던 것 같아. 하지만 난 촬영할 때도 촬영이 끝난 뒤 그 역할에서 빠져나올 때도 많이 힘들었어. 아무래도 나쁜 모습을 찾아내려고 보냈던 시간만큼 빠져나오는 시간도 힘들었던 게 아닐까 싶어.

좋은 기억으로 남은 작품은 많지. 거의 모든 작품이 좋은 기억으로 남아 있지만 그래도 장르별로 꼽아 보자면 연극은 〈이발사 박봉구〉, 영화는 〈유령〉, 드라마는 〈해를 품은 달〉, 예능은 〈붕어빵〉이 특히 기억에 남고 내 인생을 조금씩은 바꿔준 작품들이라고 생각해.

순서가 제일 먼저인 게 영화 〈유령〉이야. 〈유령〉은 정우성 배우, 최민수 배우가 주연한 영화로 핵잠수함 안에서 벌어지는 이야기를 다루고 있어. 영화에서 나는 조리장 역할을 연기했지. 줄거리를 내 역할 위주로 얘기하자면 잠수함 안에서 두 주인공이 암투를 벌이는데 최민수 배우는 핵미사일을 발사하겠다는 입장이었어. 미사일을 발사하면 전쟁이 나는 거지. 근데 부함장인 정우성 배우는 반대쪽 입장인 거야. 그래서 부함장이 발사 열쇠를 훔쳐서 숨기는데 위기의 순간에 나한테 맡겨. 아, 물론 그 전에 부함장과 나에게 얽힌 약간의 사연이 있어. 이 잠수함에서는 사진을 가지고 있는 것만도 엄한 처벌의 대상이 되는데 내가 가족을 그리워하며 사진을 보다 들킨 거야. 그런데 부함장이 모른 척해주거든. 그러면 또 남자들은 그런 상황에 목숨을 바쳐 의리를 지킨다는 뭐 이런 줄거리지. 응? 나라면? 자연인 정은표라면 어쩔 거냐고? 히히히, 목숨을 지켜야지. 불의를 보고 꾹 참을게~.

영화에서는 내가 열쇠를 가지고 있다는 걸 알게 된 함장이 나를 잡아가. 나는 열쇠를 삼키고 함장은 살아 있는 내 배를 갈라서 열쇠를 꺼내는 잔인한 장면들이 나오지. 그리고 나는 피눈물을 흘리면서 배가 갈린 채 죽어간다… 뭐 이런 내용이야. 끔찍하지만 많은 사람들이 그 장면을 눈여겨보고 정은표라는 배우를 좋게 봐주었으니 고마운 영화였지. 이 영화 덕에 바로 〈행복한 장의사〉, 〈킬리만자로〉 등 다른 영화에 좋은 역할로 출연하게 되었어. 그러니 인생을 바꿔준 영화라 할 수 있지.

그다음 순서가 〈이발사 박봉구〉네. 이 작품은 뭐 내 인생에 제일 기억에 남는 작품이라 할 수 있지. 2002년에 처음 공연했던 연극인데 내가 주인공이었어. 이발사 아버지의 영향을 받아 이발에 대한 대단한 환상을 가진 주인공이 서울에서 성공해 보겠다고 노력하는데 세상은 퇴폐 이발소를 원하는 바람에 극단적인 상황으로 치달아가는, 코미디 요소가 강한 희비극이라고 할 수 있지. 당연히 주인공이니 극중 대사의 많은 부분을 내가 해야 했고 유해진, 오정세, 박원상 등 지금 엄청난 인기를 얻고 있는 배우들이 조연으로 참여했었어. 공연은 흥행에 크게 성공했고 연일 객석이 꽉 찼지. 그때 그 많은 관객 중에 당신이 있었고 나한테 반한 김하얀 씨랑 결혼을 하게 되었으니 인생작품이라 할 수밖에 없지. 인생 최고의 작품!!!

다음이 〈붕어빵〉이네. 풀 네임은 〈스타 주니어쇼 붕어빵〉.

배우로서 슬럼프라 해야 하나 암튼 일이 없어서 경제적으로도 힘들었던 시기에 섭외를 받았는데 지웅이가 일곱 살 때라 출연을 망설였지. 나중에는 다섯 살짜리도 나오긴 했지만 우리가 출연할 때까진 어린 친구는 없었으니 걱정을 많이 했는데, 메인 작가가 추억 삼아 한 번만 나오라 해서 조심스럽게 출연을 결정했었어. 근데 세상에 지웅이가 그렇게까지 방송을 잘할 줄 누가 상상이나 했겠어. 그날 지웅이는 거의 날아다녔다고밖에 달리 표현할 말이 없네…. 일등 상품으로 소고기를 받아서 주차장으로 가고 있는데 작가님한테 전화가 왔지. 다음 주부터 고정으로 출연하자고. 그때는 훤이가 태어나기 전이라 우리 식구 넷이 집에 와서 상품으로 받은 고기를 구워 먹으면서 기쁨을 함께 나누었지.

그렇게 매주 〈붕어빵〉 녹화를 했는데 가족 예능이고 아이들이 주축이다 보니 당신이랑 하은이도 늘 방송국에 함께 갔잖아. 6개월쯤 지났을 때 분장실에서 놀고 있는 하은이를 눈여겨본 작가가 이경규, 김국진 선배랑 하은이를 공동 MC로 코너를 만들겠다는 거야. 그때 당신도 나도 너무 놀라서 말도 안 된다고 반대했지. 하은이가 여섯 살밖에 안 되었으니 우리의 걱정은 당연한 거였지. 하지만 작가는 우리가 못 보는 우리 아이들의 모습을 발견했던 것 같아. 하은이는 첫 녹화 때 녹화장에 있는 모두를 놀라게 했지. 우리뿐 아니라 진행 능력은 전 국민이 인정하고 성격은 깐깐하기로 유명한 이경규 선배님의 놀라시던 모습이 지금도 눈에 선하네. 그 뒤 하은이가 진행하던 속담 코너는 〈붕어빵〉 주축 중 하나로 자리 잡았고, 몇 개월 출연하면 끝날 줄 알았던 우리는 4년 넘게 〈붕어빵〉에 고정 출연할 수 있었어. 그때 우리 지웅이, 하은이가 보여준 모습은 정말 대단했어. 부모도 자녀에 대해 잘 모르는 부분이 많다는 걸 깨달았어. 우리 아이뿐 아니라 모든 아이에게 의외의 능력과 자질이 있을 수 있겠구나 하는 생각이 들었어. 단지 어른들이 미리 재단하고 평가하는 잘못을 저지르고 있는 건 아닌지 반성하는 계기가 되기도 했지.

그때부터 지웅이랑 하은이는 많은 방송에 출연할 수 있었어. 물론 나는 덩달아 아이들 등에 업혀서 방송에 나갔지. 그러니 〈붕어빵〉은 내 인생뿐 아니라 우리 가족의 인생을 바꾼 프로라 할 수 있네.

그렇게 〈붕어빵〉에 출연하면서 경제적인 도움도 받고 나름 예능인처럼 살고 있을 때 나에게 다른 고민과 걱정이 찾아왔어. 배우가 꿈이고 배우로 살고 싶은데 어설픈 예능인으로 살다 보니 정체성에 혼란이 왔달까. 암튼 굉장히 혼란스러운 시기였는데 〈해를 품은 달〉 섭외를 받은 거야. 6회까지 대본을 받았는데 역할이 너무 좋더라고. 세자 옆에서 늘 같이 있는 내관 '형선이'였는데 분량이 많은 것은 물론이고 단순한 내시가 아니라 때론 친구 같고 형 같고 엄마 같고 누나 같고 선생처럼 조언도 하는, 암튼 배우가 어떻게 하느냐에 따라 다양한 모습을 만들어낼 수 있는 역할이라 생각했어. 근데 막상 대본을 읽어 보니 걱정이 되는 거야. 이런 좋은 역할이면 나 아닌 다른 사람도 탐낼 거란 생각이 들더라고. 실제로 어떤 역할을 캐스팅할 때 배우 후보군을 몇 명 정해놓고 스케줄이랑 출연료 등 여러 가지 상황을 고려해서 최종 결정을 하거든. 당연히 나는 배우로서 혼란스러운 시기를 보내고 있었고 〈붕어빵〉에서 보여진 예능 이미지가 좋지 않은 영향을 미칠 수도 있겠구나 하는 생각이 들었어. 근데 다행히도 감독님이 〈붕어빵〉에 나오는 내 모습을 보고 저런 아빠의 모습이 형선이한테서 나오면 좋겠다는 생각에 나를 캐스팅했다는 얘기를 들었어. 오히려 〈붕어빵〉이 도움이 된 거지.

기억할지 모르지만 그때 내가 걱정되는 마음에 시간만 있으면 대본을 봤잖아. 첫 촬영 들어가기 전에 이미 대본을 달달 외웠으니까. 어느 날인가 새벽 세 시쯤 잠든 가족들이 깰까봐 화장실에서 소리 내어 대본을 읽고 있는데 당신이 놀라서 잠이 깼지. 당신은 화장실 문을 열면서 무슨 일이냐고 어디 아프냐고 물었지. 그만큼 내가 절실했던 것 같아. 물론 나중에 촬영할 때 그런 노력들이 도움이 되었지.

이제 와서 말하지만 드라마는 촬영하다 보면 분량이 넘쳐서 촬영을 다 해놓고도 편집되는 경우가 많거든. 〈해품달〉도 중간에 촬영 분량이 많아 몇 장면을 촬영하지 않기로 결정한 거야. 근데 나는 이미 대사도 다 외웠고 나름대로 너무 해 보고 싶은 장면이 있었어. 임시완 배우가 연기했던 인물을 세자한테 장문의 대사로 설명하는 장면이었는데 너무 아깝기도 하고 속상하기도 해서 감독님께 사정을 했지. 한 번만 봐주시라고. 다행히 감독님 앞에서 준비한 연기를 보여줄 수 있었고 감독님은 마음에 드셨는지 촬영을 했어. 덕분에 이 장면이 방송을 탈 수 있었지. 그렇게 해서 시청자들이 좋아해줬던 장면 중 하나가 만들어진 거야.

〈해품달〉은 워낙 줄거리가 탄탄한 데다 출연진도 훌륭했고 여러 가지 상황이 맞아떨어져 방송 시작하자마자 높은 시청률을 기록했어. 내가 연기한 역할도 인기를 얻었지. 문제는 내 역할이 6회 이후에 많이 축소된다는 거였어. 세자 시절에는 옆에 사람이 별로 없어서 형선이 분량이 많지만 왕이 되면 대척점에 있는 신하들도 있고 왕비, 호위무사, 대비마마 등 많은 인물들에게 둘러싸이니 자연스럽게 내관의 역할은 줄어들 수밖에 없었지. 다행스러운 건, 요즘은 드라마가 사전 제작을 하니 촬영 도중에 줄거리가 바뀌기 힘든데 당시에는 재미있는 역할이 있으면 분량이 늘기도 하고 이야기가 다르게 풀리기도 했거든. 김수현 배우가 연기했던 왕과의 케미가 좋아서인지 형선이 역할도 갈수록 커졌어. 없던 장면이 추가되기도 하고.

마지막 회 대본도 처음에는 전쟁으로 끝나는 걸로 되어 있었는데 재미없다는 의견에 따라 결국에는 달달한 로맨스로 막을 내렸지. 마지막은 김수현 배우랑 한가인 배우의 사랑스런 뽀뽀 그러니까 키스 신으로 마무리가 되고, 난 궁궐 처마 밑에서 가야금을 연주하는 익살스런 모습을 연기했는데 어쩌면 방송에 나오지 못할 수도 있었던 장면이지.

작품이 끝나고 광고도 몇 개 찍었고 돈도 좀 벌었지. 많이는 아니어도 그동안 있었던 주택 융자도 갚았고, 그때까지 있었던 빚도 청산하고 적자 인생에서 흑자로 돌아섰으니 인생을 바꿔준 작품이라 할 수 있겠다.

아, 그리고 〈해품달〉 촬영 때 당신이 임신 중이었고 방송 보면서 태교를 했잖아. 김수현 배우가 맡은 역할 이름이 훤이어서 우리 아이 이름이 지훤이가 된 거고~.

이야기하고 보니까 진짜 인생작품이네. 어쨌든 인생은 계속되니까 앞으로 다른 인생작품을 또 만들었으면 좋겠다. 아니 만들어 볼게.

# 취미생활

─────────

　배드민턴, 스쿼시, 클라이밍, 볼링, 탁구, 당구, 골프, 산악자전거, 축구, 야구 그리고 테니스…. 내가 살아오면서 해 봤던 운동이고 취미생활이네. 와! 제법 많은데!

　운동신경이 아주 뛰어난 편은 아니지만 무슨 운동이든 어느 정도는 하는 것 같긴 해.

　당구는 어린 시절 당구장에서 잠자리를 의탁할 적에 어깨 너머로 배운 게 시작이었고, 당시 대학생들이 많이 하던 취미 활동이니 자연스럽게 어느 정도는 치게 된 것 같아. 볼링도 대학 다닐 때 친구들 꾐에 빠져서 없는 형편에 돈 생기면 자주 드나들면서 했으니까 아주 못하지는 않고, 축구는 뭐 남자들은 군대 갔다 오면 다들 선수라고 우기니 나도 제법 공 좀 찬다고 할 수 있지. 예전에 친한 배우들이랑 영화감독 몇 명이 주축인 클럽에 나간 적이 있는데 처음 갔던 날 운 좋게 골을 넣었어. 근데 내가 첫 골을 터트린 후 우리 팀 공격수들이 계속 나한테 패스를 해주는 거야. 그래서 두 번째 골을 넣었지. 야, 그리고 나니까 우리 팀뿐만 아니라 상대 팀도 나한테 패스를 하네. 결국 그날 해트트릭을 했지. 역시 내가 축구는 잘해, 하면서 으쓱했는데 그 모임 전통이 해트트릭 하면 밥을 사는 거였어. 우리 팀뿐 아니라 상대 팀에게도. 그냥 내가 바가지 쓴 거지 뭐. 그 후로도 몇 번 더 밥을 사기는 했는데 왠지 찜찜하다~. 실력인 듯 실력 아닌 듯.

스쿼시는 어떤 계기로 시작했는지 기억이 없고, 클라이밍은 〈강남엄마 따라잡기〉라는 드라마에서 등산을 좋아하는 선생님 역할을 맡으면서 배우기 시작해 드라마 끝나고도 한동안 열심히 했던 기억이 있네.

배우는 드라마나 영화에서 맡는 역할 덕분에 여러 가지 직업이나 운동을 경험할 수 있다는 점이 참 좋은 것 같아. 탁구를 처음 시작한 게 그런 경우지. 영화 캐스팅 제의가 왔는데 탁구선수 역할이래. 근데 그때가 거의 마흔 살이 다 되었을 때라 걱정스러운 마음에 어렵지 않겠느냐고 했더니 감독님이 괜찮다고, 잘 못 치는 선수 역할이라는 거야. 그렇다면 못 치는 건 잘 표현할 수 있겠다 싶어 출연을 결정했어. 영화 제작사에서 레슨비도 지원해줘서 탁구를 시작했는데 석 달쯤 열심히 하고 있을 때 영화 제작이 무산된 거야. 나는 이미 탁구에 재미를 붙였는데. 어쩔 수 없이 그때부터 직접 레슨비를 내며 열심히 했지. 한 10년 정도 탁구에 미쳐서 살았지 아마? 한창 탁구에 빠져 있을 때는 지방 촬영 갈 때도 탁구 라켓을 챙겨서 다녔으니까 미친 거 맞지.

한번은 지방 소도시에서 촬영이 있었는데 숙소 근처 탁구장을 찾아가서 관장님한테 혼자 왔는데 같이 칠 사람 없느냐고 물었어. 연예인이라 반갑기는 한데 얼마나 치겠나 싶었는지 거기서 제일 실력이 떨어지는 분을 붙여주시는 거야. 당연히 내가 이겼지. 그리고 다음 실력자를 이기고 또 그다음 실력자를 이기고 결국 마지막에는 관장님이랑 게임을 했지. 관원들은 모두 테이블 주위로 몰려들어 구경하고… 무협영화에 자주 나오는 도장깨기 같은 느낌이었어. 물론 관장님한테는 패했어. 난 영화의 주인공이 아니더라고.

당신이 지웅이, 하은이 출산할 때 산후조리원 근처 탁구장도 제법 들락거렸지. 지금 생각하면 참 한심했어. 그치? 마누라는 애 낳고 고생하고 있는데 탁구나 치고 있었으니. 물론 애들 태어나는 순간에는 옆에 있긴 했어. 그래도 한심하긴 하다. 그치? 열심히 했던 만큼 좋은 일도 많았지. 연예인 탁구단 초대 회장도 했고 탁구 치는 방송 프로에도 출연하고.

탁구가 참 매력적인 운동이긴 한데 단점도 있었던 것 같아. 테이블이 크지 않아서 상대가 너무 가깝게 있으니까 실점했을 때 안 좋은 표정이 바로 보이는 거야. 그런 모습 보면 덩달아 나까지 기분이 불편해지고, 단식 게임을 많이 하다 보니 서로의 실력이 바로바로 나타나고, 어제까지 이기던 사람을 오늘 못 이기면 그게 또 스트레스가 되더라고. 물론 선수들은 안 그러겠지만 나는 좀 그랬던 것 같아.

그렇게 10년 정도 탁구를 치면서 당신 꼬셔서 레슨도 받게 하고 같이 게임도 하러 다녔는데 어느 날 당신이 탁구가 재미없다며 하기 싫다고 했지. 그러면서 테니스를 해 보고 싶다고 했잖아. 내가 정말 숨도 안 쉬고 그러자고, 같이 해 보자고 해서 테니스를 시작했지. 그리고 또 10년을 테니스에 빠져 살고 있네. 다행인 것은 둘이 같이 미쳐 있다는 거, 아니 오히려 당신이 더 미쳐 있다는 거.

난 당신이 테니스에 열심인 게 너무 좋아. 아직 훤이가 어리긴 하지만, 애들 키우면서 나랑 정신없이 살면서 당신도 훌쩍 중년의 아줌마가 된 것 같아 집에서 무료하게 있는 것보다 사회생활도 하고 사람도 많이 만났으면 하는 바람이 있었거든. 테니스 덕분에 좋은 친구들도 만나고 즐겁게 사는 모습이 너무 보기 좋아.

동호인 테니스 여자부는 처음에는 개나리부로 시합을 하고 전국대회에서 우승하면 국화부가 되는 거잖아. 당신도 국화가 돼 보겠다고 열심히 시합 다니는데 작년에 전국대회 4강까지 올라갔으니까 올해는 우승도 가능할 것 같아. 분발해서 올해는 꼭 국화가 되면 좋겠어. 취미로라도 목표를 가지고 노력하는 모습이 참 보기 좋아. 그 과정에서 좋은 친구들과 보내는 시간도 의미 있어 보이고 부럽기도 해. 나도 시합도 나가고 당신처럼 테니스 친구도 많이 사귀고 싶은데 직업적 특성상 쉽지가 않네. 그래도 테니스라는 운동이 주는 즐거움이 크니 우리 둘 다 오래오래 즐겼으면 좋겠어.

그동안 다양한 운동을 해오면서 거둔 소득이라면 즐겁게 운동하는 법을 깨우쳤다는 것이 아닐까 싶어. 어차피 취미로 하는 건데 즐거운 쪽으로 생각하려 노력 중이기도 하고.

예전에 존경하는 선배 한 분을 만났는데 요즘도 운동하느

57

냐고 물어보시더라. 요즘은 탁구 그만두고 테니스 친다니까 그 선배님이 날 보며 심각하게 말씀하셨어. 남자는 오십이 넘어가면 상대를 마주하는 운동은 안 하는 게 좋다고. 달리기, 자전거, 등산 등 상대 없이 혼자 하는 운동을 하는 것이 바람직하다고. 그때는 테니스 시작한 지 얼마 되지도 않았고 약간 미쳐 있던 시기라 무심코 흘려들었는데 요즘 지나친 승부욕이 생긴다 싶을 때 그분 말을 다시 생각해 보게 되더라고. 꼭 나이를 생각하지 않더라도 상대를 마주하면 이겨야 한다는 생각에 승부욕이 강해지고 감정적으로 상처를 받기도 하는데 혼자 하는 운동은 그렇지 않잖아. 물론 혼자 하는 운동도 내 뜻대로 안 되면 상처가 될 수는 있겠지만.

그러고 보니 운동하다 죽을 뻔한 적도 있었네. 테니스 시작하고 2년쯤 되었을 때니까 7년 전쯤이겠다. 테니스 엘보가 심하게 와서 운동을 쉬고 있을 때 우연히 자전거 가게 앞을 지나가는데 산악자전거가 너무 멋진 거야. 물끄러미 구경하고 있는데 가게 주인이 한번 타보라고 하더라고. 비전문가인 내 눈에도 꽤 비싸 보이는 자전거였어. 나는 정말 딱 시승만 해보려 했는데 그걸 타고 높은 턱을 넘어가는 순간 와!!! 자전거가 내 체중을 다 받아주는 느낌, 자전거랑 내가 한 몸인 느낌,

이건 내 거야 하는 생각…. 순간 자전거에 반해버렸지. 그날로 그 자전거를 샀어. 물론 당신한테 전화해서 허락을 받긴 했지만 당신이 거절하기 힘든 말을 했던 것 같아. 자전거가 내 몸 같다, 어렸을 때 자전거로 통학했는데 그 시절이 너무 그립고 그때의 기분을 느끼고 싶다, 지금 아니면 언제 이런 운동을 하겠느냐 등등 생각하면 유치하기 짝이 없지만 당신은 한번 해 보라며 알면서도 속아줬지. 꽤 고가였는데도.

그리고 또 열심히 탔어. 산악자전거니까 산에서 주로 탔지. 내가 하면 뭐든 최선을 다하는 성격이잖아. 그렇게 열심히 타다가 그날 죽을 뻔한 사고가 난 거지. 산에 갈 때 혼자 가면 안 되는데 평소 자주 가던 코스라 방심했던 것 같아. 생각 없이 타다 점프하는 구간에서 바닥으로 착지할 때 넘어진 모양이야. 난 그 자리에서 기절했지. 나중에 타임라인으로 계산해보니 한 시간 정도 의식이 없었던 것 같아. 다행히 의식은 돌아왔는데 온몸이 너무 아픈 거야. 자전거랑 떨어진 물건들을 주섬주섬 챙겨서 산을 내려왔지. 한 시간 정도 걸리는 구간이었는데 출발한 것만 생각나고 어떻게 내려왔는지는 기억이 없어. 그리고 차를 타고 집에 왔는데 아파트 지하 주차장에서 마주친 사람들의 비명 소리에 내가 심각하다는 걸 알았지. 집에 와서 거울을 보니 얼굴은 피투성이에 옷은 찢어져 있고 여기저기 심한 통증까지…. 급하게 당신이랑 병원 가서 검사를 받으니 결과는 갈비뼈, 쇄골, 팔꿈치 등 세 군데 골절.

다행히 골절 부위를 치료하면서 테니스 엘보도 자연스럽게 치료가 돼서 다시 테니스를 시작했어. 그 뒤 두 발 달린 교통수단은 쳐다보지도 않고 있지.

그동안 여러 가지 취미생활을 하면서 많은 시간을 들이고 돈도 제법 투자했는데 이런 것들이 나를 성장시키는 자양분이 되었다고 생각해. 특히 배우로 살다 보면 스케줄이 없을 때를 어떻게 보내느냐가 무척 중요하거든. 바쁠 때는 정신없이 지내지만 스케줄이 없을 때는 자칫 무료해지고 나태해질 수 있으니까. 이 많은 취미생활이 스케줄 없는 그 시간을 단단하게 견디고 잘 버틸 수 있게 해주었으니 고맙고 소중하지. 특히 테니스는 나만의 취미가 아니라 우리 부부의 취미라 더 애착이 가는 것 같아.

부부가 함께 공유하고 즐길 수 있는 취미가 있다는 건 정말 큰 행운이라고 생각해. 당신과 나는 사이가 좋고 대화가 많은 편인데도 대화의 소재가 한정적일 수밖에 없잖아. 그런데 테니스 이야기를 하면 몇 시간씩도 지루하지 않게 시간을 보내지. 테니스 덕분에 우리 사이가 더 좋아지고 쫀득쫀득해진 거 당신도 인정하지?

요즘 촬영 가서 대기할 때 후배들하고 얘기하다 보면 나는 거의 테니스 전도사야. 막 흥분해서 테니스를 전파하더라고. 그런데 테니스가 배우기 힘들고 오래 걸리는 걸 아니까 다른 운동이라도, 아니 운동이 아니더라도 뭐든 부부가 즐길 수 있는 취미를 꼭 가지라고 권해.

당신이랑 내가 테니스에 관한 대화를 나누면서 사이가 더 좋아졌다는 걸 꼭 말해주고 싶다. 정말 좋은데, 부부 사이가 정말 좋아지는데 확인시켜줄 방법이 없네.

그나저나 하얀 씨! 올해는 국화 가는 겁니까?

# 김하얀은 어느 별에서 왔을까

### 지웅이에게 들려주는 이야기

지웅아, 뭐라고?

엄마 처음 봤을 때 예뻤냐고? 음~ 노 코멘트!!

2002년 5월 30일 밤 9시 40분에서 45분쯤 엄마를 처음 봤지. 엄마는 친하게 지내던 언니 두 명과 함께 아빠가 공연했던 〈이발사 박봉구〉를 관람한 뒤 사인을 받겠다고 소극장 앞 의자에 앉아 있었어. 극장이 5층이어서 소극장 문을 나오면 바로 의자가 있었어. 한 달 넘게 공연을 했는데 그날은 마지막 공연 하루 전날이어서 지금도 기억이 선명하고 시간까지도 확실하게 말할 수 있지. 대사도 많고 체력적으로도 힘들었던 공연이라 끝나면 몹시 지쳐 피곤한 모습으로 나왔는데 엄마가 의자에 앉아서 기다리고 있었어. 지금도 엄마가 건강한 편이지만 그때는 지금보다 훨씬 건강했어. 좋게 표현해서 건강한 거고 사실 조금 뚱뚱했어(이 부분은 자칫 외모비하 논란을 불러 올 수 있지만 엄마 첫인상을 그때 느낀 그대로 얘기하는 거니까 지웅이 네가 이해해줘). 근데 그런 피지컬의 엄마랑 비슷한 체형(이건 기억의 오류일 수도 있음. 본인들은 날씬했다 해도 할 말 없음)의 여자 두 명이 같이 앉아 있는데 아빠 기분이 어땠겠니? 엄마 첫인상은 그냥 그랬어. 아니 별로였어. 물론 그런 생각을 그 자리에서 한 건 아냐. 나중에 엄마가 첫인상이 어땠냐고 묻길래 생각한 거야. 사인받겠다는 팬이니 호의적인 마음이었지만 그 상황이 귀찮았겠지. "사인해주세요." 그러길래 "야! 나 피곤하니까 받아 적어." 그랬어. 사인을 받아 적으라는 건 해주기 싫다는 소린데 그걸 세 여자가 박장대소하면서 좋아하더라. 바보들~.

내가 하는 그런 실없는 농담조차도 재미있게 들릴 만큼 공연이 좋았나 봐. 나중에 엄마한테 들었는데 아빠가 처음 등장하는 장면에서 아빠 등 뒤로 후광이 비쳤단다. 아빠가 무슨 부처님이야? 후광이 비치게. 뭐 좋게 말하면 아빠가 매력이 있었던 거고 나쁘게 그 상황을 정리하자면 엄마가 미친 거지. 히히히.

그날 이후 엄마는 아빠 팬카페에 가입하고 번개 모임이 있으면 나오기도 했어. 그때 아빠 인기 많았다. 번개 모임이 뭔지 알지? 아빠가 모임 회장한테 밤에 모이자 제안하면 열두세 명 넘게 모이곤 했어. 물론 여자만~.

엄마는 그 모임에서 제일 어렸어. 아빠가 서른일곱, 엄마가 스물다섯이었으니까 사실 아빠 눈에 엄마가 여자로 보이지는 않았어. 그냥 팬이었지. 귀엽고 뚱뚱한 아니아니 통통한, 그리고 활달한 팬 뭐 그 정도였어.

근데 그때가 2002년 월드컵 열기로 다들 들떠 있던 시기여서 사람들이 많이 격앙돼 있었어. 술 마시고 노는 모임도 많았고. 자연스럽게 아빠 팬 모임도 자주 열렸지. 엄마가 아빠 눈에 처음 들어온 게 월드컵 3, 4위 결정전인 튀르키예전이 있던 날이었어. 호프집에서 같이 경기를 관람하기로 했는데 엄마는 다른 곳에서 보기로 했다며 거기 가기 전에 잠깐 얼굴 보러 왔다고 하더라고. 청바지에 빨간 티셔츠를 입고. 아, 당시에는 전 국민이 빨간색 티셔츠를 입었어. 엄마는 얼굴에 아주 심플한 페이스페인팅을 하고 있었는데 그게 살짝 심쿵 포인트였던 것 같아. 그렇다고 그때 여자로서 다가온 건 아냐. 그냥 좀 이쁘네 하는 정도.

그 무렵 엄마가 다이어트를 시작했다는 거야. 그래 얼마나 뺄 건지 물어봤더니 10킬로그램 정도 생각한다고 하더라. 아빠 정말 순수하게 응원하는 마음으로 10킬로 빼면 조그마한 소원이라도 들어주겠다고 약속했어. 설마 빼겠나 싶기도 했어. 근데 한 달쯤 지난 후 만났는데, 세상에 14킬로그램을 빼고 나온 거 있지.

지웅이 너도 최근에 다이어트를 해 봤으니 한 달에 14킬로를 빼려면 어느 정도 노력해야 하는지 알 거야. 정말 적게 먹어야 가능하잖아. 엄마는 그때 하루 종일 간장종지 하나 분량의 밥을 먹었다고 하더라. 아빠 그날 엄마한테 반해버렸어. 살 빠진 모습이 너무 멋지고 그 의지가 대단해 보이더라고. 거기다가 참 이쁘더라. 히히히.

아빠가 사귀자고 했어. 그날 엄마 아빠의 연애가 시작된 거지. 나중에 들었는데 엄만 사귈 생각까지는 없었다고 하더라. 엄마가 아빠를 남자로 많이 좋아하는 줄 알았는데 그냥 팬으로 좋아했다고 하더라고. 엄마 말이니 믿어주긴 하겠지만 엄마 눈빛이나 말투는 절대 팬으로 좋아하는 정도는 아니었어. 아주 미쳐 있었다고. 하하하하. 암튼 아빠가 김칫국을 제대로 마신 거지. 그럼 어때 어차피 1일인데~. 그리고 당당하게 말할 수 있어. 엄마가 아빠를 꼬셨다고.

연애 기간이 길지는 않았어. 사귀고 딱 100일 되던 날 결혼식을 올렸으니까. 근데 그 100일 동안 참 많은 일이 있었어. 엄마는 서울에서 회사를 다니고 있었는데 퇴근하면 아빠 보겠다고 일산까지 대중교통으로 두 시간 가까이 이동해 아빠랑 놀다가 다시 서울로 버스를 타고 가는 장거리 연애를 했어. 아빠가 집에 데려다준다 해도 자기 버릇 나빠진다고 싫다고 했어. 아빠 힘들까 봐 배려한 거지. 그래도 데려다줬어야 하는데 아빤 그러질 않았어. 아빠가 참 많이 서툴렀어. 너도 알잖아. 아빠 눈치 디게 없는 거.

그러는 와중에 추석이 다가와서 시골에 계신 너희 할아버지 할머니한테 인사도 드릴 겸 엄마한테 같이 내려가자고 했어. 그런데 다음 날 사직서 내고 왔더라. 네 엄마 결단력 진짜 끝내주지?

추석에 엄마랑 같이 시골에 내려가는데 전라도 아빠 고향까지 여섯 시간 정도 가는 동안 대화가 한 번도 안 끊기는 거야. 심지어 너무 재미있었어. 그때 엄마에 대한 확신이 들었어. 사실 나이 차이도 많이 나고 살아온 환경도 달라서 조금 걱정하고 있었거든. 근데 대화를 하다 보니 나이 차이가 안 느껴질 정도로 엄마 아빠 잘 통했어. 물론 결혼하고 22년이 지난 지금도 대화는 여전히 잘 통하고 많이 하는 편이지. 그게 엄마 아빠 행복의 비결일 수도 있겠다.

아빠 고향에서 엄마는 대단한 환대를 받았어. 당시 서른일곱이면 아주 노총각 취급을 받았거든. 그런 아빠가 어리고 이쁜 색싯감을 데려갔으니 좋아할 수밖에. 밤 12시 가까워서 도착했는데 열 명 넘는 가족들이 기다리고 있는 걸 보고 엄마가 많이 당황했어. 생각해 봐. 할머니 할아버지랑 엄마 아빠가 마주 보고 앉아서 대화하는데 열 명 넘는 가족들이 안 듣는 척하면서 할머니가 말씀하시면 할머니 쳐다보고 엄마가 대답하면 엄마 쳐다보고… 마치 테니스 경기를 보는 것 같았어. 엄마는 우리 가족의 그런 모습이 너무 순수하고 좋았다고 하더라.

시골 다녀오는 길에 너희 외갓집에도 가서 인사를 드렸어. 아빠는 결혼 쉽게 했어. 나이 차이도 많이 나고 직업도 불안정하면 여자 쪽에서 반대하고 그런 스토리가 자연스럽잖아. 그런데 엄마가 시골 내려가기 전에 단호하게 아빠 아니면 안 된다고 꼭 아빠랑 결혼할 거라고 외할머니 외할아버지를 설득했다고 해. 그런 후에 갔으니 아빠 편하게 인사드리고 결혼 준비도 수월하게 할 수 있었어. 외할머니가 걱정을 많이 하셨다고 듣긴 했어. 근데 그 후에 있었던 상견례에서 마음을 놓으셨다고 하더라고. 시골에서 오신 할아버지 할머니를 뵙고 이야기하는데 이렇게 따뜻하고 올바른 분들 자식이면 믿어도 되겠다 생각하셨다고.

외할머니가 생각이 참 깊으시고 한결같은 분이신 거 너도 알지? 결혼 한 달 전쯤 성당에서 관면혼배를 했거든. 외가는 워낙 독실한 가톨릭 집안이라 성당에서 하는 혼배를 진짜 결혼식이라 생각하셨어. 하지만 아빠는 성당에 다니질 않으니 엄마는 안 하겠다고 한 거야. 아빠 부담스러울까 봐. 그러니 할머니는 서운해하시고…. 어쩌겠니. 아빠가 하겠다고 엄마를 설득했지.

외할머니가 참 기뻐하셨어. 혼배 끝나고 그러시더라. 이제 결혼식 끝난 거라고. 한 달 후에 하는 결혼식은 그냥 사회적인 행사일 뿐이니 오늘 하얀이 데리고 가서 살라고. 엄마 아빠 그날 네가 애기 때 살았던 집으로 같이 왔어. 한 달 후에나 같이 살 거라고 생각하고 있었는데 확 당겨진 신혼생활이 당황스럽긴 했지만 둘 다 너무 좋았지.

그러니까 사귄 지 100일 만에 결혼한 게 아니고 정확히 말하면 두 달 좀 넘어서 같이 산 거지. 그때 너도 생기고.

정말 급하게 진행된 천사 같은 엄마와의 결혼 이야기인데 지금 생각해 보니 좀 아슬아슬했네. 다행히 잘살고 있으니 성공적인 연애담이긴 하지만.

잘 생각해 봐. 엄마 아빠 결혼식 때 지웅이 너도 엄마 배 속에 있었어. 기억 안 나니?

# 2

# 별에서 온 그대

하얀 이야기

운명 같은 오빠에게


결혼 후엔 오빠라고 안해준다며 입을 댓발 내밀고 툴툴거리던
당신에게 오랜만에 오빠라고 부르며 편지를 써 보네.

뭔가 결심이나 결단보다는 물 흐르듯이 흘러간 우리 결혼생활을
돌아보니 모든 게 정해져 있었나 하는 생각마저 들어. 찬찬히 살
펴보면 각자의 노력이 존재했겠지?

둘이 있을 때 끊임없이 대화를 나누는 우리니 서로 모를 게 없
다고 생각되지만, 늘 당신이 길들여지고 있었다는 그 얘기를 지금
부터 글로 들려줄까 해.

# 새우과자 한 봉지의 추억

내 기억으로 서너 살 때쯤인데, 우리가 살던 빌라단지에서 슈퍼가 있는 시장까지 가려면 그 나이 또래 아이 걸음으로 30분은 족히 걸었어야 했던 것 같아. 아주 가끔 두 살 터울의 동생을 업은 엄마와 같이 시장을 갈 때면 진짜 오래 걸었던 생각이 나.

오랜만에 장보러 나온 엄마가 시장을 한 바퀴 돌며 필요한 걸 장만하고 이것저것 구경하는 동안 나는 옆에서 "안녕하세요?" "많이 파세요." 같은 인사를 하면서 쫓아다녔대. 근데 나에게 그 길이 힘들었던 기억은 없어. 오히려 그 길은 실크로드쯤으로 기억되고 있어. 돌아오는 길에 엄마가 꼭 새우과자 한 봉지를 사주셨거든. 그 새우과자가 너무 귀하고 아까워서 돌아오는 길에 한 개를 입에 물고 녹여서 먹고 또 하나를 넣고 녹여서 먹었던 기억이 나. 집에 와서도 다음번 시장 갈 때까지 아끼고 아껴가며 귀하게 먹었지, 그 한 봉지를. 그때의 기억 때문인지 나는 지금도 새우과자를 좋아해. 가끔 밤에 외출했다 돌아온 당신이 품에서 그 과자를 꺼내면 아직도 소리를 지르잖아.

누군가 나에게 성공했다고 느꼈을 때가 언제냐고 물은 적이 있어. 나는 회사를 다니면서 월급을 받고 언제든 얼마만큼이든 새우과자를 살 수 있게 되었을 때 성공했다고 느낀다고 대답했어.

"엄마, 그게 그렇게 좋아?"라고 묻는 아이들에게도 "응, 엄마는 이건 안 질린다." 했는데 그때 엄마 손을 잡고 걸었던 그 길이, 엄마 등에 업혀 있던 내 동생의 엉덩이가, 작은 입에 새우과자 한 개를 꽉 차게 넣고 있던 내가 아직도 생생하게 생각나서 그런가 봐.

# 엄마

우리 엄마는 나와 다르게 엄청 우아하고 고상하신 분이지.

나는 자라면서 내가 우리 아이들에게 했던 것처럼 소리소리 지르는 엄마를 본 적이 없어. 나나 동생을 혼내야 할 때도 (한손엔 총채를 들고 있던 그 순간에도) 크게 소리를 지르거나 하지 않고 낮고 단호한 음성으로 말씀하셨어. 지금 생각해 보니 그러고 나면 아! 내가 이런 걸 잘못했구나, 느꼈던 것 같아.

그런 엄마가 정말 크게 화를 낸 적이 있어.

그날은 내 생일이었는데 나는 생일이 방학 때인 12월이다 보니 친구는 한 번도 초대하지 못하고 늘 가까이 사는 사촌언니, 오빠 들과 생일파티를 했어.

그날도 사촌들을 저녁식사에 초대한 뒤 엄마가 김밥, 떡볶이, 탕수육, 잡채, 피자까지 다 손수 장만해놓으셨지. 그런데 음식을 준비하다 뭐가 부족했는지 장롱에서 수첩 하나를 꺼내 거기서 만 원짜리 한 장을 빼다가 갑자기 고개를 갸웃하시는 거야.

수첩을 꺼내는 엄마를 보는 순간 내가 더 얼어붙었어. 나중에 안 사실인데 그건 엄마가 곗돈을 넣어두는 수첩이었어. 어느 날 내가 옷을 찾다 깊숙한 곳에 있는 수첩을 발견했는데 돈이 들어 있는 걸 보고 깜짝 놀라 다시 넣어놨거든. 그때 나는 학교와 집도 가깝고 준비물은 아빠가 (꼭 필요한 것만) 다 사다주셨기 때문에 용돈을 따로 받지도 않았고 돈을 만질 일이 없었어. 며칠 있다가 다시 그 수첩을 꺼내 보니 돈이 그대로 있는 거야. 며칠 있다가 다시 봐도 또 그대로고…. '아, 엄마가 돈을 넣어두고 잊고 있나 보구나. 내가 써도 모르겠다.' 이렇게 생각한 나는 수첩에서 만 원짜리 한 장을 꺼내 평소 사고 싶었던 예쁜 지우개랑 샤프, 필통에 수첩과 스티커까지 샀지. 실용성을 중시하던 아빠는 잘 지워지면서도 쉽게 닳지 않는 지우개 하나와 연필 네 자루를 깎아서 늘 필통에 넣어주셨어. 그러다 보니 난 색색의 이쁜 지우개를 종류별로 갖고 있는 애들이 너무 부러웠어.

그렇게 산 물건들을 옷장 서랍 밑에 넣어두고 며칠이 지났
는데도 별일이 없었어. 나는 또다시 만 원을 꺼내 친구들이랑
평소 너무 가 보고 싶었던 돈가스 가게에 가서 친구 것까지
계산하면서 생색도 냈어. 엄마가 한 달에 한 번만 꺼내 보는
수첩이라고는 생각도 못했던 거지. 그런데 급하게 돈이 필요했
던 엄마가 슈퍼에 가려고 수첩을 꺼냈다가 돈이 빈다는 걸 알
게 된 거야. 그 수첩을 보고 놀라는 나를 보고는 바로 눈치를
챘고.

　　엄마가 "여기 있던 돈에 손댔니?" 하는데 어찌나 무섭던지
나는 덜덜 떨다가 밖으로 갑자기 도망쳤어. 내가 원래 혼난다
고 도망치고 그러는 애가 아닌데 그날은 진짜 큰일났다 생각
했나 봐. 우리 엄마가 그렇게 빠르고 힘이 센 줄은 그날 처음
알았네. 나는 번개같이 쫓아온 엄마한테 마당에서 뒷덜미를
잡혀 집 안으로 질질 끌려들어왔어. 엄만 그 돈으로 뭘 했냐
고 차분히 물었고 나는 필요한 것을 샀다고 말씀드렸어. 사놓
은 게 있으면 가져와 보라고 하셔서 그동안 사 모은 것들을
다 가져다놓았어.

　　그러자 엄마는 한 번도 본 적 없는 무서운 얼굴로 물건들을
집어던지면서 소리소리 질렀어. 돈 무서운 줄 모르고 어디 니

가 만 원짜리를 집어가냐, 필요한 건 다 있는데 왜 그런 짓을 했냐, 내가 잘못 가르쳐서 이렇게 됐나 보다, 도둑년을 키우면서 내가 어찌 사냐… 이런 말을 퍼부으면서 나를 엄청 때렸어. 엄마는 한 번이라도 더 이런 일이 생기면 그때는 경찰서에 데려가겠다고 하면서 방을 나갔고, 나는 맞은 데가 아파 한참을 누워 있었던 것 같아. 저녁이 되어서는 아무 일도 없었다는 듯 생일파티를 마쳤고 사촌들이 돌아간 후 나는 잠자리에 들었어.

늦은 밤, 화장실에 가려고 나왔다가 식탁에 앉아 있는 엄마를 보았어. 미안하기도 하고 무섭기도 해 살짝 다시 들어가려고 하는데 엄마가 우는 소리가 들렸어. 아까 내 앞에서 내팽개쳤던 지우개랑 스티커 같은 것들을 가슴에 품고 "이런 게 갖고 싶었구나. 얼마나 갖고 싶었어." 하며 어깨를 들썩이며 우시더라고.

며칠 뒤 엄마는 그 물건들을 돌려주며 "너는 아직 어리니 갖고 싶은 게 있으면 남의 것을 탐낼 수도 있어. 그런데 그건 나이와 상관없이 아주 나쁜 짓이야. 한 번은 실수할 수도 있으니 이번에는 봐주겠지만 다음부터는 절대 이런 일이 없어야 해."라고 평소처럼 엄하지만 부드러운 말투로 타이르셨어.

그 후 나는 한 번도 다른 사람 물건에 손댄 적이 없어. 평소와 달리 크게 화를 낸 엄마가 무서워서일 수도 있고 다른 사람들한테서 엄마가 잘못 가르쳤다는 말을 듣기 싫어서일 수도 있겠지만 어쨌든 그다음부터 그런 일은 없었어.

# 직장의 신

내가 결혼 전까지 다니던 회사가 건설회사잖아.

같이 들어간 여자 동기가 여섯 명이었는데 뚱뚱하고 예쁘지 않았던 나는 관리직 쪽에서 안 뽑아가고(나중에 알았네) 공사부 쪽으로 발령을 받았어. 동기 여섯이 부서별로 인사를 다닐 때도 이름이 독특한 나는 "이름만 예쁘네. 기대했는데…." 라는 소리를 여러 번 들었어(그때는 그런 말을 아무렇지도 않게 면전에 대고 하던 때였지).

뭐 그러거나 말거나 어린 나이에 사회생활을 시작한 나는 마냥 신이 났어. 십수 년을 산 4호선 끝자락 쌍문역에서 지하철을 타고 한강 바로 옆에 있는 사무실로 출근하는 것도 신이 났고, 유니폼을 갈아입고 근무하는 것도 너무 신났지.

인사가 최고의 미덕이라 생각하던 나는 회사에서도 열심히 인사했어. 가는 길에 마주쳐도 "안녕하세요?" 오는 길에 마주쳐도 "안녕하세요!" 막내의 인사를 대부분은 귀여워해주셨지.

의욕이 넘쳤던 나는 매일 첫차를 타고 출근했어. 5시 30분에 쌍문역에서 첫차를 타고 6시 40분쯤 회사에 도착해 책상을 청소했어. 그러고는 일찍 나온 임원분들께 커피를 갖다드렸지(그게 내 업무는 아니었어. 그저 일찍 출근한 어른들에 대한 예의 같은 거였어). 그런 다음 이것저것 정리하고 자리에 앉아 있었어. 사람들은 신입사원이니까 일찍 나오나 보다, 이러다 말겠지 했지만 그 회사에 다니는 5년 동안 나는 매일 첫차를 타고 출근했어.

공사부 일은 다행스럽게도 나와 너무 잘 맞았어. 현장과 본사를 왔다 갔다 하는 에너지 넘치는 엔지니어분들과 내 성격이 잘 맞았던 거지. 우리 회사는 넓은 건물 한 층에 부서별로 칸막이만 있고 서로 보이고 들리는 구조라 이 부서 저 부서 할 것 없이 모두 친하게 지냈어. 의외로(?) 손이 빠른 나는 컴퓨터 작업을 제법 잘해서 다른 부서와도 협업하며 잘 지냈지. 다른 부서 여직원들하고도 친해져서 그분들은 부서 야유회를 갈 때도 나를 막냇동생처럼 꼭 데려갔어. 그렇게 즐겁게 회사

생활을 했어. 뚱뚱하고 못생긴 나는 외모상의 단점을 밝은 성격으로 무마시키고 있었나 봐. 1년 후에는 뚱뚱해서 게을러 보여 안 뽑았다던 부장님이 "이렇게 일을 잘하는 줄 알았으면 내가 제일 먼저 뽑았을 텐데 지금이라도 우리 부서로 올 생각 없나." 하고 조용히 불러 제안하셨지. "저는 지금 부서에서 일하는 게 너무 즐거워요." 하며 거절했어.

지금 생각해 보면 월급을 많이 받은 것도 아니고 IMF도 직격탄으로 맞은 시절이지만 좋은 사람들과의 관계에서 열정이 뿜어져 나왔던 것 같아. 한 번도 가기 싫다 생각한 적 없을 만큼 회사 가는 게 즐거웠거든. 당신 말 한마디에 바로 그만둔 게 잘못이었을까 생각한 적도 있지만, 그렇게 열정적으로 생활했기에 한번에 미련 없이 그만둘 수 있었는지도 모르겠어. 5~6년 정도의 짧은 시간이었지만 그때 배우고 느낀 것이 워낙 많아서 당신과도 이렇게 잘 지내는 게 아닌가 싶어.

## 첫 만남 - 전지적 하얀 시점

영화는 가끔 보았지만 연극 같은 문화생활을 즐길 여유는 별로 없었던 것 같아. 박봉의 어린 회사원에게 몇만 원이 훌쩍 넘는 공연표는 고민이 될 수밖에 없었거든. 사실 별 관심도 없었고.

어느 날 연극 보는 걸 좋아하는 친한 언니가 보고 싶었던 공연의 표를 간신히 구했다면서 같이 보러 가자는 거야. 얼마나 어렵게 표를 구했던지 언니는 연극을 보러 가는 길에도 다음 날이면 끝나는 공연인데 정말 운이 좋았다면서 기뻐했어. 그런 공연을 같이 가자고 해준 것이 고마워 나도 기쁜 마음으로 따라갔지.

소극장을 가득 메운 관객들 틈에서(공연하는 두 달 동안 연일 매진이었다면서?) 자리를 찾아 앉자 곧 불이 꺼졌어. 아무것도 보이지 않는 암흑 속에서 갑자기 핀 조명이 무대를 탁 비추는데, 영화에서 특수효과로나 봤던 빛이 무대 위에 있던 작은 체구의 배우에게서 뿜어져 나오더라고. 인위적인 조명과는 전혀 다른 빛이었어. 그 사람에게서 나오는….

연극은 착하고 순수한, 자신의 이발 기술로 많은 사람을 단정하고 예쁘게 만들어주고 그 분야 최고의 기술자가 되려는 꿈을 가진 주인공이 순수하지 못한 사람들 때문에 점점 좌절한다는 그런 줄거리였어. 처음에는 순수한 눈빛으로 가득했던 주인공이 점점 악에 받쳐 거칠게 변해가는데 무대 위 그 작은 체구의 배우가 연기자가 아니라 진짜 박봉구라는 이발사로 보이더라고. 나는 진심으로 울고 웃으면서 푹 빠져 공연을 보고는 진이 다 빠져서 한참을 자리에 앉아 있었어.

근데 언니가 연극의 매력이 또 뭔지 아느냐면서, 기다리고 있으면 배우들이 분장을 지우고 나온다는 거야. 그럼 직접 만날 수 있으니 사인을 받으러 가자더라고. 오! 그 사람을 직접 볼 수 있다고? 눈앞에서 만날 수 있다고? 나는 한달음에 언니를 따라나갔지. 그러고는 분장실에서 나오는 길을 지키고 서 있었네. 조금 기다리니 저쪽에서 무대에 있던 그 자그마한 사람이 나오더라고. 그냥 회사에서 볼 법한 평범한 아저씨인데 그땐 그 사람 걸음걸이가 왜 그렇게 비장해 보이고 단단해 보이던지.

"오빠, 사인해주세요." 하니 "어우, 나 너무 피곤한데… 받아 적어." 하잖아. 그걸 또 좋다고 그 언니랑 같이 깔깔대면서 "어머어머! 받아 적으래. 너무 웃겨." 했는데 (나중에 이 얘기를 들은 내 친구들은 그런 싸가지가 있냐며 그냥 오지 그랬냐고~) 우리가 내민 종이에 사인을 해주곤 씨익 웃더라고. 우린 그 사람이랑 엘리베이터까지 같이 탔어.

"오빠 댁은 어디신데요?"

"응, 일산."

"그럼 차 타고 가시는 거예요?"

(뭐 이런 말도 안 되는 질문을. 그냥 말을 시키고 싶었나 봐.)

"아니, 나 차 없어. 걸어갈 거야."

(뭐 또 이런 말도 안 되는 대답을.)

그때 소박하기도 하고 처음 만난 사람과도 편하게 농담하는 이런 사람이랑 친해지고 싶다는 생각을 격하게 했네. 그날 집에 돌아와 당시 한창 유행했던 다음카페에서 당신의 팬 모임을 찾아내 가입을 했지. 막연히 또 보고 싶다는 생각을 하면서 말야.

공연이 끝나고도 연극배우들은 대학로에 자주 나타난다는 말을 주위들은 터라 나는 친구들을 만날 때도 꼭 대학로에서 약속을 잡곤 했어. 운이 좋으면 혹시 마주칠 수 있지 않을까 싶어서. 나중에 알게 된 거지만 당신은 일 없으면 진짜 집에서 안 나가는 사람이었지.

어쨌든 공연이 끝난 후 당신을 다시 만나기까지 그리 오랜 시간이 걸리진 않았어. 당시 우리나라에 기가 막힌 이벤트가 있었지. 평생 잊을 수 없는… 월드컵. 우리나라에서 개최해서 그렇기도 했지만 우리 선수들이 너무 잘해줘서 온 나라가 축제 분위기였지. 우리나라 선수들 경기 다음 날엔 회사에서도 다들 그 얘기뿐이었고 신나서 점심 회식도 시켜주고 막 그랬으니까. 광화문 바닥에 앉아 경기를 보다가 우리가 골을 넣으면 서로 얼싸안으며 기뻐하고, 모르는 사람들과 기차놀이를 하면서 종로와 대학로 대로변을 다니고, 맥주회사에서는 몇 톤짜리 트럭에 맥주 캔을 잔뜩 싣고 와서는 막 던져주고 과자도 던져주고 온 나라가 축제였던 그때, 당신 팬카페 회장이 "우리나라 마지막 경기인 튀르키예전을 은표 형님과 함께 보자."라고 제안했고, 당신도 흔쾌히 오케이한 덕에 모임이 성사

됐지. 공연은 모르고 보았지만, 이 모임은 어쨌든 당신을 다시 보러 가는 거라 꽤나 설레었던 것 같아.

하지만 친구가 많던 나는 튀르키예전은 이미 다른 친구들과 보기로 약속이 되어 있었어. 다행히 보기로 한 곳이 대학로에서 멀지 않아 잠깐 당신 얼굴만 보고 가야겠다 생각했지. 아이스크림 케이크를 하나 사들고 그곳에 들어갔을 때 많은 사람에게 둘러싸인 당신을 봤어. 나는 쫄지 않고 직진해서는 "오빠, 안녕하세요? 저는 김하얀이에요. 지난번 공연 너무 잘 봤습니다. 저는 친구들이랑 약속이 있어서 가야 하는데 오빠 얼굴 한번 다시 보러 왔어요." 하면서 케이크를 내밀었어. 당신은 "어, 그래. 안녕! 근데 니가 오니 숨이 막히는구나." 하며 나를 또 놀렸는데 같이 낄낄거리다 나왔던 것 같아. 그 잠깐의 만남이 서로에게 이렇게 크게 자리 잡을 줄 모르고(나중에 당신이 얼굴에 너무나 어울리는 태극마크를 그리고 찢어진 청바지를 입고 말 시키던 애가 오래 기억에 남았다고 나한테 말했잖아).

분위기 덕분인지 어쨌든 그날은 더 더 더 신나게 경기를 즐겼던 것 같아. 비록 우리가 경기에서는 졌지만 아쉽지 않았어.

# 애연가였던 당신

공연이 끝난 후 같이 내려온 극장 1층에서 담배를 맛있게 피우던 당신 모습이 생각나네.

아빠가 담배를 전혀 피우지 않아서 나는 어려서부터 담배 냄새를 무척 싫어했어. 멀리서 다가오는 사람의 담배 냄새까지 맡을 수 있을 만큼 내 코는 담배에는 아주 퓨어했지. 이상형 목록에 담배 안 피우는 사람이 있을 정도로 담배 냄새를 싫어했는데 무대에서 후광이 나던 그 배우가 피우는 담배는 멋있어 보이기까지 했어. 제임스 딘이 담배 피우는 모습이 실린 포스터를 사람들이 왜 좋아하는지 그때 알았다니까(아, 제임스 딘 팬들 죄송. 그 급은 아닌데⋯).

하여튼 당신은 연극이 끝난 후 스무 명이 넘게 모인 자리,

카페의 긴 테이블 상석에 앉아서도 다리를 꼬고 담배를 피워 댔지. 지금 생각하면 너무 웃긴 게 그때는 실내 어디에서도 거의 담배를 피울 수 있었잖아. 카페 옆자리에 담배 피우는 사람이 있으면 티가 날 정도로 째려보고 손부채질을 하던 내가 담배 피우는 그 자그마한 사람을 동경의 눈으로 바라보고 있었다니….

당신은 결혼 후에도 계속 애연가로 지냈지. 지웅이가 태어난 뒤 내가 당신에게 말했어. "이제 피울 만큼 피우지 않았어? 애기도 있는데 앞으로 끊어 보자." 했더니 당신은 "사내자식이 이런 거에 단련도 되고 그러는 거지." 하면서 애랑 산책 나가서도 담배를 피우곤 했지. 꼴보기 싫었지만 그래도 당신이 하는 건 잘 안 막던 시절이라 농담처럼 "혹시 딸내미 태어나면 담배는 진짜 꿈도 꾸지 마." 했는데 둘째가 생기고 6개월쯤 되었을 때 의사 선생님이 기적처럼 딸이라고 말했어. 나는 그때부터 "담배 끊기 전엔 딸이랑은 뽀뽀할 생각도 말아라. 나도 냄새나는데 애는 얼마나 싫겠냐." 했지. 임신 8개월 차에 당신은 "그래, 담배를 끊어야겠어. 두 달 정도면 어느 정도 냄새도 빠지겠지?" 하더니 진짜 단박에 끊어버렸어. 나 너무 허무하게. 내가 아니고 딸내미랑 뽀뽀하고 싶어서?

물론 담배를 대신하려 사탕을 물고 있거나 다시마젤리를 먹기도 했지만 몰래 담배를 피우진 않는 걸 보고, 이 남자 진짜 독하구나 생각했어.

지웅이 낳을 때 나 진짜 힘들게 진통했잖아. 그때 당신이 "아파서 어쩌냐." 하며 손으로 이마를 짚어줬는데 "담배 냄새 나니까 손 치워!" 하고 짜증냈던 기억이 난다. 담배를 끊은 덕에 하은이 땐 그러지 않을 수 있었지. 당신이 딱 끊어준 덕분에 나랑 지웅이, 하은이, 훤이는 쾌적하게 지내고 있어. 그때 끊은 게 얼마나 다행이야. 지금은 어디 편하게 담배를 피울 곳도 없다구.

# 들어줘서 고마워

지금도 내 친구들이 물어.

"너 같은 애도 산후우울증 있었어?"

선천적(?)으로 밝은 성격인 데다 좋아하는 사람과 결혼해 무척이나 행복했고 연애할 때와는 달리(?) 당신이 너무나 다정해서 지웅이를 낳기 전까진 내가 우울해하거나 무기력해할 거라고는 상상도 해 보지 않았어. 무거워진 몸에 산만 한 배를 안고 다니면서도 나는 누구보다 빠른 걸음으로 잘 걸었고 뛰었고 에너지가 넘쳤으니까.

아이를 낳고서도 꼬물락거리는 손가락 발가락을 보면서 마냥 행복했어. 하지만 내 몸에선 지웅이를 배불리 먹일 만큼의 젖이 나오지 않았지. 미리 공부한 바로는 아기에게 모유를 먹이는 것이 좋다고, 혹 혼합수유를 하게 되면 아이들이 젖병을 빠는 게 훨씬 편해 다시 젖을 빨려 하지 않을 수도 있다고 하더라고. 겁먹은 나는 그 충분치 않은 양의 모유만 먹이겠노라 결심했지(유축기도 있고 방법은 많은데 지웅이가 첫 아이다 보니 이 또한 나의 무지에서 나온 고집이 아니었나 싶어). 배가 차지 않은 지웅이는 20분마다 깨서 울어댔고 아이가 계속 물어대는 내 젖꼭지는 살이 다 튀어나와 헐어서 너덜너덜거리는 데다 피까지 줄줄 흘렀지. 잠깐 지웅이가 잠들면 피가 배어나오는 꼭지에 연고를 바르고, 또 금방 아이가 깨면 (먹어도 괜찮은 연고라고는 했지만) 찝찝해서 연고를 닦아내고 다시 물리는데 그게 온몸이 빨려들어가는 것처럼 아팠어. 아이가 우는 것 자체가 공포스러울 정도였지. 그렇게 일주일 정도가 지나자 너무 너무 짜증이 나더라고. 씻지도 못하고 누워 있다 일어나서 젖 물리고, 아이가 잠들면 또 옆에서 잠깐 누워 잠도 뭣도 아니게 깔아졌다 울음소리에 깨는 일의 반복이었으니까. 내가 짐 승인가 싶은 생각이 들더라고….

외출했다 돌아온 당신은 여느 때처럼 무슨 일이 있었는지 오늘은 어땠는지 얘기해주는데 그런 말들도 평소처럼 들리지 않더라. 이 사람이 나를 약 올리나, 나는 나가지도 못하고 여

기서 이러고 있는데. 나는 세상에 없는 사람인 것 같고 내가
필요한 사람인가 하는 생각도 들고, 자유롭게 돌아다니는 당
신이 얄미워 죽겠더라고. 지웅이가 너무 사랑스러웠지만 한편
으론 '얘가 다 이렇게 만들었어. 얘만 없었으면 내가 이렇게
안됐을 텐데.' 하는 생각까지 했다. 예쁜 아이를 보면서 그런
생각을 하는 나 자신을 보며 죄책감에 또 괴로워하고…. 근데
정말 그랬어. 아무짝에도 쓸모없는 인간이 되어서 돼지처럼
누워 있다고 생각했어. 혼자 자유롭게 돌아다니던 시간들이,
회사에 다니던 그 시절이 마냥 그립고 서러워서 지웅이 안고
많이도 울었네. 말도 없이 자꾸만 우는 나를 보고 엄마는 그
렇게 울면 눈 나빠진다고 울지 말라고 하셨지만 그게 내 마음
대로 되나. 난 지금 서러워 죽겠는데,

  그런데 시간이 가면서 20분에 한 번씩 깨는 아이한테 익숙
해지더라고. 우엥 소리만 나면 기계처럼 발딱 일어나게 되고,
너덜거리던 젖꼭지도 점점 단련되어 물어도 그다지 아프지 않
고…. 퉁퉁 부은 모습에 우울해하는 나에게 부어도 이쁘다,
머리 안 감아도 이쁘다, 부대 자루 같은 잠옷을 입어도 이렇
게 이쁘냐, 라고 말하는 당신, 조금이라도 더 자라며 우는 아
이 안아서 데리고 나가는 당신 덕분에 몸이 회복되면서 자연

스레 마음도 회복이 되더라고.

아이를 낳고 그런 생각을 했다는 것 자체가 너무 부끄러워서 누구한테 말도 못하고 한참 지난 후에 당신한테 털어놓았잖아. 그때 빨리 얘기하지 그랬냐고, 얘기해줬으면 뭔가 같이 해볼 수 있었을 텐데 혼자서 얼마나 힘들었냐고 말해줘서 정말 고마웠어. 그 뒤부터는 뭔가 힘들거나 걱정되는 일이 있을 땐 내가 바로바로 얘기하잖아.

말만이라도 고마워. 얘기 들어줘서 정말 고마워.

# 열애 중

결혼하고 당신은 이젠 쓸데없는 데 힘을 쏟지 않아도 돼서 너무 좋다고 했어. 결혼 전에는 누구를 만나면 이 친구가 어떤 친구인지, 성격이 어떤지, 나랑 맞을지, 결혼하면 어떨지⋯ 그쪽에선 생각지도 않는데 혼자 고민하곤 했다며 웃었지. 결혼 적령기로 생각했던 나이가 지난 뒤에는 늘 열린 마음으로 결혼할 사람을 기다리고 있었다고, 결혼을 하고 나니 그런 생각 안 해도 되어서 너무 편하다고 했지.

신혼 초에는 그 얘기가 서운하더라고. '아, 잡은 고기에는 먹이를 주지 않는다는 얘긴가? 나하고는 결혼했으니 더 이상 고민하지 않겠다는 얘긴가?' 했지.

연애할 때도 어찌 보면 이기적이기까지 한 당신이었어.

강남 쪽에 직장이 있던 나는 당신을 만나러 두 시간 넘는 거리를 지하철과 버스를 갈아타면서 갔고 한 시간 남짓 당신 얼굴을 보고는 다시 두 시간을 걸려 집에 갔잖아. 강남에서 일산으로, 다시 쌍문동까지 아주 큰 삼각형으로 돌고 돌면서 두 달 남짓 다녔지. 데려다주겠다는 당신한테 "어우, 그러면 버릇돼요. 혼자 갈게요." 했는데 당신이 너무나 흔쾌히 "그래 그럼." 하길래 아 빈말이구나, 생각했어. 흐흐흐.

어쩌다 휴일에 데이트할 때도 뭐 먹고 싶은지 묻기보단 "내가 잘 가는 집이 있어. 그리로 가자." 하고는 부대찌개, 추어탕, 생태탕 집으로 갔지. 생각해 보니 내가 먼저 어디 가자고 의욕적으로 얘기한 적도 없네. 그때는 당신이 마냥 좋아서 서운하지도 않았고, 가자는 대로 쫓아가고 먹자는 대로 먹었지. 한번은 차를 타고 강변북로를 지나다 한강 뷰를 자랑하는 멋진 식당을 보았는데 당신이 손가락으로 거길 가리키며 말했어. "예전에 저기서 후배랑 스테이크 먹었는데 별루야." "나랑은 안 가 봤잖아요?" 하는 말이 목구멍까지 올라왔지만 결국 못했네. 그때 했던 쓸데없는 얘기들 때문에 당신은 지금도 나한테 놀림을 받고 있지. "그때 거기 같이 갔던 후배는 누군데? 밥 사줬던 그 후배는 잘 지낸대?"

하여튼 연애할 때 그런 사람이었는데 계속 그랬다면 콩깍지가 살짝 벗겨질 즈음 나는 겁나 폭발하지 않았을까 싶어. 연애 시절 당신은 약간 멋없는 면도 있었는데 결혼하고 지내 보니 알겠더라. 당신은 정말 '내 사람'이라고 생각하지 않는 사람에게 에너지를 쏟는 게 피곤했던 건가 봐. 그 짧지만 철저히 당신 위주였던 연애가 끝나고 결혼한 뒤 당신은 전혀 다른 사람이 되었어. 내가 만나던 그 사람이 맞나 싶을 정도로 엄청 자상해졌지. 늘 나에게 먼저 무얼 먹고 싶은지 물어보고, 내가 한 번도 먹어 본 적 없는 음식들도 먹으러 가고. 주차장에서도 내가 최소한으로 움직일 수 있게 차도 미리 빼두고. 같이 TV 보다가 내가 "와 저기 이쁘다. 가서 음식도 먹어 보고 싶다."라고 하면 기억해뒀다 데려가주고.

짧은 연애 기간을 보상이라도 해주듯 당신은 여전히 나 위주로 생활하고, 그래서인지 나는 결혼한 뒤에는 늘 연애하는 기분이야. 난 지금 22년째 나에게 맞춰주는 남자친구와 연애하고 있네.

# 당신이 쌈닭이 된 이유

⟨붕어빵⟩이 한창 인기 있을 즈음이었던 것 같아. 지웅이, 하은이가 둘 다 TV에 나오고 시청률이 나쁘지 않았던 프로그램이라 사람들이 많이 알아보기 시작한 그때쯤.

사실 그때부터 우리 외출이 힘들어지기 시작했잖아. 지금은 남의 집 아이를 함부로 만지지 않는 게 당연하게 여겨지지만 당시에는 인식이 그렇지 않아 ⟨붕어빵⟩에 출연하는 모든 아이가 고충을 겪고 있었지. 대형 마트만 가도 알아보는 어른들이 귀엽다고 꿀밤 주고, 뒤에서 툭툭 치고, 심지어 하은이 머리카락을 잡아당기기도 했지.

한번은 당신이 탁구대회에 나갔을 때, 우리 가족이 모두 열심히 응원하며 구경하고 있는데 한 아주머니가 하은이 손을 잡아당기더니 확 끌고 갔지. 하은이가 깜짝 놀라서 우니까 당신이 "애를 그렇게 잡아당기시면 어떡합니까?"라고 했고, 그 아주머니 아들이 당신 미니홈피 방명록까지 찾아와서는 애가 귀여우면 어른이 만지고 그럴 수도 있지 그런 것 가지고 난리쳤다고 온갖 쌍욕을 다 남겼지. 그때는 그게 다 애들 귀여워서 하는 행동인데 엄마 아빠가 별나다고 할 때라 무조건 우리는 스스로 조심하고 다녀야 했어.

백화점에서 아이들이랑 손잡고 가는데 누군가 하은이를 뒤에서 잡아당겨 확 끌어안는 바람에 하은이가 놀라서 바들바들 경기를 일으킨 적도 있고, 프로그램의 재미를 위해 지웅이와 하은이가 서로 티격태격하는 사이로 나왔는데 지웅이를 좋아하는 분들은 오빠한테 그런다며 하은이를 때리고(물론 콩 하고 머리를 치거나 등짝을 톡 때리는 정도이긴 했지만) 하은이를 좋아하는 분들은 오빠가 바보같이 맨날 운다고 때리고…. 누구에게나 인사를 잘하던 지웅이, 하은이가 엘리베이터를 타도 우리 뒤에 숨고, 어디를 가도 눈치를 보는 게 너무 안타까웠어.

그러다 보니 당신은 늘 사방을 경계했고 누가 다가오기 전에 아이들을 숨기거나 막아주곤 했지. 가능한 한 부딪힐 일을 만들지 않기 위해. 갑자기 아이들을 터치하는 사람을 만나면 당신은 아주 예민하게 반응하게 되고 또 싸우게 되니까. 그런 일이 생기면 당신은 용서 없이 화를 냈지. 사실 나는 그냥 웃으며 좋게 좋게 끝내고 싶었어. 그런 상황이 너무 불편했거든 (그래서 집에서 당신하고 싸우기도 했잖아). 근데 당신한테는 그게 우리 가족을 지키는 일이었던 거야.

오랫동안 〈붕어빵〉을 함께한 가족들과 이런 고충을 얘기하며 서로 위로하고, 그러면서 또 버티고 그랬던 것 같아. 지금 생각해 보니 그때 쌈닭처럼 우리 가족을 지켜준 당신이 많이 고맙네. 지금도 당신을 아이 좀 만졌다고 뭐라고 하는 싸가지 없는 배우로 기억하는 사람도 있겠지만 그들도 이제는 다 이해하고 있길 바라. 우리 아이들의 안정과 안전이 우리에겐 먼저였으니까.

# 당신이 쌈닭이 된 이유에 대한 은표의 답

오래된 일이지만 어제 일처럼 생생하네. 그날 집에 와서 미니홈피 방명록을 확인하고는 많이 당황스러웠고 화가 났어. 그때는 내가 감정 조절을 잘 못하고 성질을 불같이 부릴 때였잖아. 낮에 만났던 아주머니의 아들이 쌍욕을 써놓은 걸 보고 거기에 답장을 쓰려고 하는데 당신이 말렸지. 내 성격에 좋은 말을 쓸 리는 없고 같이 싸우자고 할 것이 분명하니까 참으라고 참으라고 날 설득했지. 지금 생각해도 당신은 참 현명했던 것 같아. 그때 당신이 나한테 그랬어. 절대 이길 수 있는 싸움이 아니라고, 우리가 무조건 진다고. 맞아. 운전하다가도 앞차가 백 퍼센트 잘못했더라도 언쟁이 붙으면 우리가 불리하더라고.

예전에 어떤 차가 내 차 앞으로 갑자기 끼어들어 너무 놀라서 경적을 울렸는데 그 차 운전자가 기분이 안 좋았는지 내 차 옆으로 와서 문을 열고 욕을 하더라고. 내가 창문을 내린 뒤 그렇게 깜빡이도 안 켜고 갑자기 들어오면 어떡하느냐고 하니 자기는 깜빡이를 켰다는 거야. 그래서 내 차 블랙박스를 확인 하자고 하니 그 사람이 그랬어. 지웅이 아빠 너무 빡빡하다고. 그게 무슨 말이야 도대체!! 할 말이 없더라고. 그냥 가시라고 했지. 오히려 내가 미안하다고 하면서.

그 후로도 비슷한 상황이 생겨 차 창문을 내리는데 상대 운 전자가 손가락으로 날 가리키며 "오! 연예인!" 하길래 '아, 이 건 아니다. 얼굴을 보이면 안 되는구나.'라는 생각이 들었어.

물론 지금은 누구랑 시비 붙을 일도 없지만 무슨 일이든 참 으려고 해. 그때도 당신이 참으라 해서 방명록에 미안하다고 사과했잖아. 그랬는데도 이후에 우리 집에 관한 기사가 나면 그 사람은 악플을 달았지. 내가 그 사람 이름을 똑똑히 기억 하는데 실명으로 달리는 댓글에서 그 이름을 확인할 때마다 시비가 붙거나 누군가 우리에게 안 좋은 감정을 가지면 평생 가는 안티가 된다는 걸 알았지. 다행히도 인생에 그런 사람보 다는 우릴 응원해주고 좋아해주는 분이 훨씬 많으니 감사한 일이야. 우리 늘 감사하면서 살자!!

# 방귀

오늘 아침도 난 당신의 방귀 소리에 잠을 깼네. 부드드드득.

"축포야? ㅋㅋㅋㅋㅋㅋ"

잠결 속 농담에 우린 오늘도 웃으면서 하루를 시작했네. 당신은 연애할 때부터도 스스럼없이 방귀를 뀌었는데 눈에 콩깍지가 씌어서인지 내겐 그것이 전혀 더럽게 느껴지지도 문제가 되지도 않았어. 오히려 나를 편안히 생각하나 보다 싶어 좋았지(나중에 보니 꼭 그런 건 아니었는데 ㅎㅎ).

신혼 때부터 루틴처럼 나는 당신의 방귀 소리를 들으면 "사랑해."라고 했잖아. 그때는 무슨 암호처럼 소리만 들리면 "사랑해."를 외치니 하루에 수십 번도 더 '사랑해'를 남발했지.

근데 나는 아직까지 당신 앞에서 방귀를 뀐 적이 없잖아.

세 번 임신 중에 걸을 때 뿍뿍 샌 것, 잘 때 나도 모르게 나오는 것 말고는 당신 앞에서 튼 적이 없지(그때도 너무 부끄러워 얼굴이 진짜 빨개졌었는데…). 그러니 어쩌다 내 방귀 소리를 들은 당신은 되게 신나 했고.

사실 볼 거 못 볼 거 다 본 사이에 그게 뭐 그리 중요한가 싶고, 당신은 지금도 "다른 건 다 하면서 왜 방귀는 못 뀌냐?"라고 하는데 그건 신혼 때부터 그냥 내가 지켜온 당신에 대한 존중이야. 당신 앞에서 방귀를 뀐다고 해서 당신을 무시하거나 하는 건 아니지만 결혼생활 하면서 내가 지켜야 한다고 생각한 몇 가지 중 하나였던 것 같아. 아이들이랑 있을 때는 그러지 않으니 휜이는 그게 불만이더라. "아, 엄마! 엄마는 아빠 있을 때는 안 그러면서 나랑만 있으면 이러더라." 하더라고. 내가 말했지. "아 미안. 근데 아빠 없을 땐 좀 봐줘라. 나도 사람인데."

음, 지금까지 내가 지키고 있는 게 또 뭐가 있을까? 언제까지 이 결심을 지킬 수 있을지는 모르겠어. 나도 늙어가고 있고 참는 힘이 점점 줄고 있으니까. 그렇지만 당신 앞에서 방귀를 뀌지 않는 건 나에게 남은 당신에 대한 마지막 소녀 감성이라 생각해줘.

# 방귀에 대한 은표의 답

난 좀 억울해.

기억도 안 나지만 신혼 때였겠지? 어느 날 내가 방귀를 뀌었는데 당신이 "사랑해." 그러더라고. 사실 나 많이 당황했거든. 근데 당신이 타박하거나 인상을 쓰거나 그러지 않고 사랑한다고 표현해줘서 너무 고마웠어. 당신의 사랑이 느껴졌지. 덕분에 무안함은 사라졌고. 그때 당신의 배려에 감사해하며 방귀를 자제했어야 하는데 내가 참 우매한 인간인지라 그 상황의 '사랑해'가 또 듣고 싶은 거야. 조금이라도 신호가 오면 단전에 힘을 주고 방귀를 만들어내려고 노력했던 것 같아. 그러다가 소리가 나면 당신은 어김없이 "사랑해~." 방귀 소리가 크면 화음을 맞추듯이 큰 소리로 방귀 소리가 작으면 속삭이

듯이 "사랑해~."라고 해줬어. 속이 불편해서 방귀가 잦은 날은 나 스스로 무슨 대단한 일이라도 한 것처럼 의기양양해했지. 그런 날에 내 자존감은 대단했어. 촬영 가서도 (누구한테 말은 못했지만) 스스로 어떤 상황에도 위축되지 않는 자신감이 생기더라고.

당신이 내 방귀까지 사랑해주는 건 고마운 일인데 요즘 괄약근이 약해지는 것 같아서 자제하려 노력 중이야. 가끔 의도치 않게 새는 것 같아서 걱정이야.

나도 당신이 방귀를 뀌면 "사랑해."라고 할, 아니 더 좋은 말로 반겨줄 마음이 항상 있어. 근데 당신은 절대 그걸 허락하지 않았지. 지금까지 살면서 공식적으로는 세 번, 네 번쯤 당신의 그 소리를 들을 수 있었어. 쭈그려 앉다가 혹은 임신했을 때 괄약근 조절이 안 돼서 나온 의외의 소리였지. 나는 너무 좋아하면서 "사랑해."를 외쳤지만 당신은 부끄러워하며 멀리 도망치곤 했지. 그런 모습을 볼 때마다 당신이 나를 얼마나 사랑하는지 알 수 있어 좋긴 한데, 당신은 모르겠지만 비공식적으로 당신 소리 많이 들었어. 일단 애들을 통해서 엄마가 아빠 없을 때는 할리데이비슨 못지않은 소리를 즐긴다는 것을 알고 있고, 자다가 당신 소리에 지진 난 줄 알고 깬 적도 있어. 나 자고 있을 때 거실에서 들려오는 청아한 소리를 들은 적도 있지. 부끄러워하지는 않았으면 좋겠어. 옆에 없었지만 소리가 들릴 때마다 나도 조그맣게 "사랑해."라고 말했으니까.

# 3

# 붕어빵

지웅, 하은, 지훤

# 잠들기 전 아이들과 함께

언제부터였는지 기억은 없지만 아이들이 자러 들어갈 때면 항상 같이 들어갔던 것 같다. 물론 일이 없어 집에 있을 때에 한해서이다. 일반적인 직장에 다니는 아빠는 그러기가 쉽지 않겠지만 내 경우 직업적 특성상 가능하지 않나 싶다.

처음부터 어떤 의미를 가지고 들어간 건 아닌데 세 아이를 키우다 보니 나름의 의미가 생기기도 한다.

일단 아이들과 아빠의 관계가 확실해진다. 나중에는 너무 편해서 문제일 정도로 친구 같은 사이로 발전한 것 같다.

자러 들어갈 때면 꼭 몇 권의 책을 챙겼는데, 내가 읽어주는 책이 재미있는지 아이들은 굉장히 집중해서 이야기를 들었고, 다 듣고 난 뒤에는 책 내용을 가지고 서로 토론도 하고 수다도 떨었다. 그러면서 요즘 고민이 뭔지, 친구들과의 사이는 어떤지 등 속마음을 털어놓기도 했다.

지웅이, 하은이는 두 살 터울이라 애기 때는 한 방에서 이층 침대를 사용했는데 셋이서 애기를 하다 보면 잠드는 시간이 늦어지는 날이 많았다. 그럴 때 거실에서 들려오는 아내의 큰소리를 듣고 다들 화들짝 놀라서 수다를 끝내기도 했다. 거실로 나오면 아내한테 혼나는 건 당연한 순서였다. 아내는 애들 빨리 재우고 나오지 뭐 한다고 거기서 수다 떨고 노느냐고 했다. 수다는 자기랑 떨어야 한다는 것이다. 자기 심심하다고. 뭐지, 이 엄마?

지웅이 초등학교 2학년 때쯤인가? 성이 다른 두 아이의 잠자리를 분리하는 게 좋을 것 같아서 각자의 방을 만들어주고는 어떤 날은 엄마가 지웅이 방, 나는 하은이 방에 들어가서 재우고, 다음 날은 교대해서 들어가기도 했다. 지금 생각해도 기분 좋은 건 아이들이 아빠를 더 간절히 원했다는 것이다. 아무래도 시크한 성격의 엄마는 잠깐 있다가 나오는데 아빠는 꽤 오랫동안 있어주니까 당연한 결과 아니겠는가. 흠.

아내는 자기는 애들보다 언제나 남편이 최고라면서 나를 더 챙기는 사람이라 아이들에게 잠자리도 알아서 들어가라 했고, 결국 얼마 안 가 내가 하은이를 먼저 재우고 지웅이 방에도 들어가는 날이 많아졌다. 아내는 뭐 하러 그러냐, 이제 들어가지 말아라 했지만 나는 내가 재미있어서 하는 거니 그냥 두라고 반항하기도 했다. 말 잘 듣는 남편이 좀처럼 하지 않는 반항이다 보니 그 뒤로 아내는 잔소리를 하지 않았다.

지웅이는 초등학교 5학년 때쯤 완전한 잠자리 독립을 했고 하은이는 1년 정도 이른 4학년 때 독립했다. 성인이 된 둘 다 그때 아빠가 읽어준 책이 지금도 생각난다고, 너무 좋았다고 이야기하는 걸 들을 때면 뿌듯하기도 하다. 무엇보다 아이들이랑 보냈던 그 시간들이 나에게 너무나 그립고도 소중한 추억이다.

지나고 보면 좋은 추억이지만 휜이 덕분에 이 임무는 아직도 진행형이고, 추억이 아닌 현실에서 매일 저녁 아내랑 놀 수 있는 시간을 자리 들어가는 초등 6학년에게 뺏기고 있다. 솔직히 이제는 좀 힘이 들지만 내가 판 함정이니 어쩔 수 없는 상황이기는 하다.

휜이는 막내이니 이제 끝나면 다시는 올 수 없는 시간들이라 생각해 아직도 같이 들어간다. 물론 이제 안 들어가겠다고 말하기도 했지만, 싫다고 무조건 아빠가 들어와야 잘 거라고 협박을 하는 바람에 아직도 들어간다.

4학년 때쯤 책 읽기는 그만두었고 지금은 들어가서 성장판 마사지를 해주고 있다. 아무래도 내가 단신이라 아이들은 컸으면 하는 바람에서 시작한 일인데, 지금 성장기인 휜이는 밤마다 해주는 마사지 덕분인지 잘 자라고 있고 우리 가족 중 최장신이 될 것 같은 희망이 보인다~.

요즘 사춘기에 접어든 휜이가 말을 안 들을 때가 있는데 그럴 때 이제 혼자 자러 들어가라는 말은 제법 잘 통하는 협박이다. 이것도 얼마 안 남았다 생각하니 아쉽기만 하다.

정말 기분이 좋은 건 지웅이, 하은이 때도 그랬지만 잠든 줄 알고 조심스럽게 나오는 아빠의 등에 대고 휜이가 "아빠, 사랑해. 고마워. 잘 자~." 하고 속삭여주는 것이다.

# 나 전달법

우리 가족이 〈영재의 비법〉이라는 텔레비전 프로그램에 출연할 때 지웅이 그림 심리 검사를 진행한 적이 있다. 지웅이는 온 가족이 잠을 자는데 혼자만 깨어 있는 그림을 그렸다. 전문가의 설명에 따르면 자기만 깨어 있다는 건 지적 호기심이 충족되지 않는 상황과 무료함을 표현한 거라고 한다. 책도 많이 읽고 궁금한 게 많은 지웅이니 놀기 좋아하고 약간은 어수선한 집안 분위기가 무료하게 느껴질 수 있었을 것이다.

무엇보다 충격적인 건 엄마 그림에 목이 없다는 거였다. 물론 지웅이가 엄마 목 부분은 그림 밖에 있다고 하긴 했지만, 그날 그림을 보고 아내가 느낀 감정은 어땠을지 짐작하기조차 힘들다. 그날 내가 놀란 것은 물론이고 아내는 많이 울었고 많이 아파했다. 그림을 분석한 전문가 선생님은 지웅이와 엄마 사이에 관계 정립이 제대로 되어 있지 않다고 설명했다. 지웅이가 느끼기에 엄마가 자기 편인지 다른 편인지 애매한 선상에 있다는 것이다.

나는 하얀 씨가 아내로서는 완벽하다고 생각한다. 아니 완벽 그 이상이다. 하지만 엄마로서는 어떤지 고민의 여지가 있다. 그렇다고 지웅이를 아끼지 않는다거나 사랑하지 않는다는 얘기는 아니다. 누구보다 지웅이를 사랑하는 건 확실하다. 하지만 성격은 좀 다르다. 지웅이는 부끄러움이 많고 감정 기복도 심하고 예민하다. 반면 아내는 맺고 끊는 게 확실하고 대범하고 시원시원하다. 그러니 지웅이의 소심한 모습을 마음에 들어하지 않았고 답답해했다.

한편 지웅이는 엄마의 과격한 장난을 받아들이기 힘들어했다. 지웅이랑 비슷한 성향의 내가 볼 때 저런 장난은 안 했으면 좋겠다는 생각이 들었고, 저건 지웅이한테 상처가 되지 않을까 하는 생각이 들 때도 있었다. 조심스럽게 그러지 말라고 말한 적도 있었다. 하지만 아내는 내가 엄만데 그런 장난도 못 치냐, 그 정도도 못 받아들이면 어떡하냐, 내가 제일 사랑하는 아들이다 하면서 상황을 심각하게 받아들이지 않았다. 그런데 막상 지웅이가 그린 그림에 자신의 목이 없는 걸 봤으니 얼마나 놀랐겠는가? 그날 아내가 흘린 눈물의 의미는 지웅이에 대한 미안함이 아니었을까 싶다. 아들의 성향을 이해하지 못하고 그동안 주었을 상처를 생각하니 너무 속상했을 것이다. 나도 좀 더 적극적으로 둘 사이를 조율하지 못했다는 미안함에 많은 후회를 했다.

그 모습을 지켜본 전문가들의 해결책은 의외로 간단했다. '나 전달법'이었다. '나 전달법'은 나를 주어로 하여 자신의 생각과 감정을 솔직하게 표현하는 의사소통 방식으로 '아이 메시지I-message'라고도 한다. 상대방의 행동에 초점을 맞추어 비난하고 평가하는 의사소통 방식은 '너 전달법'이라고 하는데 이 방법은 갈등 상황 해결에 큰 도움을 주지 못하는 경우가 많다. 반면 '나 전달법'을 사용하면 상대방의 기분을 상하지 않게 하면서 자신의 주장을 분명하게 전달할 수 있어 갈등 상황에서 서로를 이해하고 문제를 해결하는 데 도움이 된다. '나 전달법'을 통해 의사를 전달하면 상대방에게 문제 행동의 책임을 묻고 행동을 비난하는 대신 문제 해결을 위한 최종 결정권을 주게 된다(편집자 주 : 두산백과에서 퍼옴). 우리 집의 경우 아내가 지웅이한테 "지웅아, 이것 좀 해." 혹은 "지웅아, 그건 아냐." 이런 식으로 직접적인 명령투의 말을 사용하곤 했는데 그걸 "지웅아, 엄마는 지웅이가 이걸 해주면 좋을 것 같아." 혹은 "엄마 생각엔 그건 아닌 것 같은데 지웅인 어때?" 이런 식으로 바꿈으로써 지웅이가 스스로 생각해서 판단할 수 있는 여유를 준 것이다. 솔루션은 약 두 달 동안 진행되었는데 그 효과는 너무 훌륭했다. 지웅이와 엄마 사이는 정말 끈끈해졌고 솔루션이 끝날 무렵 다시 검사를 실시했을 때는 지웅이 그림에 엄마의 목이 그려져 있는 것은 물론 가족들 모두 행복한 모습으로 같이 놀고 있었다. 엄마도 지웅이도 행복하게 웃는 이쁜 표정이었다.

이후 자연스럽게 우리 부부도 '나 전달법'으로 대화를 하게 되었고, '나 전달법'은 엄마와 지웅이뿐 아니라 우리 부부에게도 긍정적인 영향을 미쳤다. 그 전에도 사이가 좋긴 했지만 대화 방법이 부드러워지고 자연스러워지니 말로 받을 수 있는 상처를 안 받아도 돼 부부 사이가 더 끈끈해진 것이다.

그러나 그 뒤에도 위기가 없었던 건 아니다. 사람 성격이 쉽게 변할 수는 없다. 하얀 씨는 방송 프로그램이 끝나고 시간이 좀 흐르면서 다시 예전의 활달하고 시원시원한 성격으로 돌아갔다. 그러다 보니 '나 전달법'을 조금씩 지키지 않는 경우가 생겼고, 지웅이랑 사소한 다툼을 벌이기도 했다. 자랑 같지만 그때 나는 내가 적극적인 개입을 해야겠다고 다짐했다. 아내와 지웅이 사이를 조율도 하고 목이 없었던 그림을 상기시키기도 하고 지웅이한테 엄마를 이해시키려 노력도 했던 것 같다. 하지만 아내는 내 말을 받아들이려 하지 않았다. 그럴 수 있다. 난 전문가가 아니니까.

자극이 좀 더 필요할 것 같아 전문가 선생님이랑 식사 자리를 만들어서 상담을 했다. 아내가 선생님에게 '나 전달법'도 그렇고 자신과 잘 맞지 않는 아이한테 언제까지 참으면서 지내야 하느냐고 물었다. 그러자 선생님은 '평생'이라고 아주 단호하게 말씀하셨다. 부모들은 다소 억울할 수 있겠지만, 과격한 말투가 '나 전달법'으로 인해 많이 순화된다 할지라도 아이들은 언젠가 엄마나 아빠가 예전의 말투로 돌아갈 거라 의심하고 있다는 것이다.

전문가 선생님을 만나고 온 후 나의 입지나 영향력이 좀 커졌던 것 같다. 아내와 지웅이 사이에 사소한 다툼이라도 생기면 나는 마치 솔로몬이라도 된 것처럼 둘의 이야기를 듣고 잘잘못을 판정해주곤 했다. 물론 이건 내 생각이고 두 사람은 재판관처럼 행동하는 나를 무시하고 똘똘 뭉쳐 공격한다. 자기들이 언제 다퉜냐고, 아빠 오버하지 말라고~.

난 억울하다, 너희들 이러면 안 된다 하면서도 사이가 좋아진 두 사람을 보면서 속으로 생각한다. '나는 역시 대단한 지혜를 가졌어. 내가 솔로몬이다 이것들아~~~~~~.'

# 나는 배우다

나는 배우다. 연기를 하는 게 내 직업이다. 늘 하는 직업적인 고민은 '어떻게 하면 연기를 잘할 수 있을까'이다. 연기는 어떤 역할을 표현하는 것인데 그러려면 그 역할을 잘 연구하고 그 인물에 나를 잘 맞춰 넣어야 하고⋯ 아니다, 나한테 그 인물을 잘 넣어야 하는 건가?

작품 제의가 들어오면 제일 먼저 고민하는 것이 '그 역할을 내가 잘 표현할 수 있을까'이다. 그다음 스케줄이나 출연료도 중요한 선택의 기준이 된다. 시쳇말로 잘나가는 배우들은 선택의 폭이 크겠지만 어정쩡한 포지션의 나는 폭이 그렇게 크지는 않다. 어떤 배우는 들어오는 순서대로 출연한다고도 하고 또 어떤 배우는 돈 많이 주면 다 한다는 얘기도 들은 적이 있다. 나는 웬만하면 작품을 거절하지는 않는다. 예전에는 작품 제의가 제법 들어와서 겹치기 출연을 한 적도 있지만 요즘은 골라서 할 만큼 많은 제의가 들어오는 건 아니다. 그렇다고 들어오는 걸 다 할 수는 없다. 가끔 거절하는 작품도 있다. 물론 많지는 않다.

출연을 결정하면 제일 먼저 역할을 분석한다. 배우마다 각자의 방법이 있겠지만 나는 우선 그 인물의 이력서를 쓴다. 나이, 학력, 고향, 가족관계 등 대본을 토대로 인물을 만든다. 대본에 자세한 설명이 나와 있으면 좋겠지만 그렇진 않으니 대부분은 내가 창작한다고 할 수 있다. 큰 틀에서 인물의 뼈대를 만들어놓고는 약간 방치하는 느낌으로 시간을 갖는다. 오히려 그 인물을 내려놓고 잊으려 한다. 그렇게 시간을 보내다 보면 문득문득 그 인물이 일상에서 나오는 순간들이 있다. 밥을 먹다가 '아! 그 인물이라면 밥을 어떻게 먹을까? 게걸스럽게, 깨작깨작, 오물오물, 그냥 깔끔하게 아니면 물 마시고 밥 한 숟가락…' 이런 식으로 여러 가지 모습을 생각해 보는 것이다. 운동을 하다가도 걷다가도 '그 인물은 어떤 걸음걸이일까? 빠를까? 느릴까? 바른 자세일까? 커피는 아이스를 마실까, 뜨겁게 마실까?' 심지어 화장실에서 똥 쌀 때 어떤 자세일

까도 고민을 한다. 사실 인물을 내려놓고 방치한다 했지만 모든 순간순간 그 인물이 나한테 있다고 하는 게 맞을 수도 있겠다. 그러다 보면 말투는 어때야 할지, 행동은 빠르게 해야 할지 느리게 해야 할지, 눈빛은 매서워야 할지 순한 느낌으로 가야 할지 등등 인물의 사소한 것까지 고민하고 대본을 분석하게 된다. 그 장면에서 대사나 상황에 맞는 동작이나 표정, 말투를 맞춰 보는 것이다. 밥 먹는 장면이 있으면 전에 고민했던 몇 가지 중 그 상황에 맞는 동작 하나를 자연스럽게 꺼내는 것이다.

이런 방법은 시간적 여유가 있을 때 가능한 것이고 급할 때는 극단적인 방법을 사용하기도 한다.

신혼 때로 기억하는데 촬영 들어가기 일주일 전쯤 급하게 연락을 받은 적이 있다. 사업에 실패하고 오랫동안 힘들게 살다 극단적인 선택을 하는 인물 역할을 맡아달라고 급하게 연락이 온 것이다. 대본을 보고 받은 인물에 대한 첫 느낌은 피폐함, 의욕 없는 눈빛, 초라함, 불행함 등이었는데 문제는 내가 신혼을 너무 행복하게 보내고 있었다는 것이다. 아무리 고민해도 당시 나는 너무 행복했기 때문에 그 인물을 표현하기 힘들겠다는 생각이 들었다. 시간이 많으면 불행한 그 인물로 들어갈 준비를 천천히 하면 되는데 주어진 시간이 일주일도 안 되다 보니 마땅한 방법이 떠오르질 않았다. 결국 나는 좀 무식하고 극단적인 방법을 쓸 수밖에 없었다. 일주일간 단식을 한 것이다.

효과는 제법 있었다. 아무리 행복했던 신혼이고 이쁘기만 한 아내였지만 내 배가 고프니까 짜증도 나고 이쁜 마누라도 살짝 귀찮아지는 좋은(?) 경험을 할 수 있었다. 그리고 나름 피폐하고 불행한 모습을 조금은 표현할 수 있었던 것 같다. 배가 너무 고프니까 세상 혼자 힘들고 나 혼자만 불행한 느낌이 조금은 나온 것 같기도 했다. 물론 감독이나 상대 배우 그리고 시청자들은 잘 모르겠지만 나 나름대로 조금은 만족할 수 있었고, 스스로 오래오래 기억할 수 있는 작품을 내 인생의 필모로 가지게 되었다.

인물을 분석하는 것이 생각만으로 되는 게 아니어서 나는 길을 갈 때나 버스나 지하철을 탈 때 사람들을 많이 관찰하기도 한다. 특히 젊은 시절 버스비 아끼겠다고 자전거를 타고 다닌 적이 있는데 극단이 있던 혜화동에서 효창동 자취집 가는 길에 있었던 서울역과 남영역은 내가 날마다 지나치면서 많은 공부를 했던 곳이다. 요즘은 그런 사람들 보기가 힘들지만 그때는 왜 그렇게 술 먹고 싸우는 사람도 많고 휘청거리며 혼 잣소리하는 사람도 많았던지, 한 시간 반이면 갈 수 있는 귀 갓길이 한두 시간 더 걸리는 건 자주 있는 일이었다. 지나치기 쉬운 모습들이었지만 그런 상황을 구경하고 분석하는 시간이 너무 재미있었고 오래오래 기억하려고 노력도 했던 것 같다.

　이런 직업적 특성 때문에 전문적이지는 않지만 사람 심리를 이해하는 힘도 좀 남다르지 않나 싶다. 특히 아이들과의 관계 에서 좀 더 객관적으로 심리를 이해해 보려고 노력한다. '왜 저런 표정을 할까? 왜 저런 말을 할까? 왜 저런 행동을 할까? 왜? 왜?' 무수히 많은 '왜?'를 떠올리다 보면 자연스럽게 '나 는 저 나이 때 어땠지? 난 저 나이에 무슨 생각을 했지?' 하면 서 아이를 이해하게 되고 그 과정에서 답을 얻기도 한다. 아이 들과 나의 어린 시절을 비교하다 보면 항상 답은 '나보다 좋 은데?' 혹은 '나보다 낫다'이다.

　훤이는 왜 공부를 싫어하지? 근데 나는? 훨씬 더 싫어하고 못했지.

　하은이는 성격이 왜 까칠하지? 나는 더 까칠했어.

　웅이는 노는 걸 왜 저렇게 좋아하지? 난 평생 놀았는걸 뭐.

　이렇게 이해를 하다 보면 아이들을 대하는 나의 태도가 훨씬 더 여유로워지는 것 같다.

아내는 가끔 나에게 말한다. 아이들한테 너무 관대하다고. 그럴 때 나는 반박한다. 내가 세상에서 제일 관대하게 대하는 사람은 당신이라고. 그럴 때마다 아내는 "음, 그건 맞아. 고마워. 관대하게 대해줘서."로 말을 끝낸다.

그렇다. 나는 관대하다.

# 피자가 꿈

우리 부부는 대화를 참 많이 한다. 좋게 말하면 대화이고
사실 수다를 많이 떤다. 아니, 그냥 말이 많은 편인가? 교육이
나 육아, 드라마, 운동, 옆집 아줌마, 학교 선생님, 학원, 테니
스 등 주제를 정하지 않고 그때그때 관심사를 이야기한다. 한
사람이 일방적으로 대화를 이끌지 않고 서로의 말을 잘 들어
주며 각자 의견을 가감 없이 이야기한다. 가끔 예전에 했던 말
을 반복하더라도 타박하지 않고 듣다가 너무 길어지면 슬쩍
다른 얘기로 유도하기도 한다. 그래서 나는 아내와의 대화가
참 행복하다.

지웅이 어렸을 때니까 10년도 훨씬 더 된 것 같은데 어느
날 아내가 내게 물었다. 지웅이가 커서 배우를 하겠다고 하면

어쩔 거냐고. 나는 배우로 살면서 힘들었던 기억이 많아서인지 별 고민 없이 싫다고 했다. 안 시키겠다고 하니 아내가 나를 한참을 말없이 쳐다보는 거다. 그러더니 물었다.

"당신 배우 하면서 행복하지 않아?"

"응, 행복하지."

"근데 왜 고민도 없이 애들은 안 했으면 좋겠다고 해?"

그러게, 내가 왜 그랬을까?

그날 결론을 내지는 못했지만 그 일은 나를 오랫동안 고민하게 만들었다. 나는 이렇게 좋아하고 행복해하면서 왜 애들은 안 했으면 좋겠다고 했을까? 그래, 배우로 살면서 힘든 적도 많았지만 지금은 너무 행복하니 만약 애들이 배우를 하겠다고 하면 적극적으로 응원해주자고 다짐했다.

배우가 아닌 무슨 꿈을 꾸더라도 적극적으로 응원해주겠노라 다짐했지만 지웅이가 세 살 때 말한 꿈만큼은 쉽게 응원할 수 없었다. 피자가 되고 싶다고 했기 때문이다. 처음에는 피자 만드는 사람이 되겠다는 줄 알고 "좋지. 열심히 해봐." 그랬는데 그냥 피자가 되고 싶다고 한다. "그냥 피자?" 몇 번을 다시 묻고 나서야 '이놈 꿈이 남다르네.' 하고 생각했다. 하지만 내가 할 수 있는 응원은 "그래, 나중에 피자 되면 아빠도 한쪽 주라." 정도였다. 지웅이의 그다음 꿈은 만화가였다. 그러다 웹툰 작가로 바뀌었는데 둘이 무슨 차이가 있는지 아직도 난 잘 모르겠다. 지웅이는 초등학교를 졸업할 즈음까지 웹툰 작가가 꿈이라고 말했고 제법 구체적으로 노력하기도 했던 것 같다.

중학생이 된 지웅이는 어느 날 래퍼가 되겠다고 했다. 우리 부부는 왜 하고 싶은지, 어떻게 할 건지 등 알지도 못하는 힙합에 관해 질문했다. 지웅이는 하고 싶은 나름의 이유와 어떤 식으로 하겠다는 계획을 말했고 우리는 당연히 열심히 해 보라며 응원해줬다. 가사 쓰는 걸 좋아하는 지웅이는 열심히 작업했고 공모전에서 상을 받기도 했다(3. 1운동 100주년 기념사업회가 주최한 공모전에 손기정 선생님의 이야기를 랩으로 만든 '월계수'라는 작품으로 출품했다). 사회적인 이슈가 생기면 나름 자신의 생각을 담아 랩을 만들기도 했다.

지웅이는 고등학교 입학해서도 랩 작업을 했고 〈고등래퍼〉라는 예능 프로그램에 출연하기도 했다. 그전에는 대부분의 방송 프로그램을 나와 함께 출연했는데 처음으로 스스로 지원해서 혼자 출연한 것이다. 고등학생이 된 후에는 공부를 열심히 하긴 했지만 음악도 함께 하려니 원하는 성적이 나오질 않았다. 내신 성적으로 원하는 대학에 가기는 힘들다고 판단한 지웅이는 2학년 때 정시 공부를 시작했다.

그때 지웅이가 1년간 수능에 관한 목표와 계획을 세우고 제일 먼저 한 일이 좋아하는 게임을 컴퓨터에서 지우고 랩에 관련된 녹음 장비랑 마이크를 눈앞에서 치운 것이었다. 이제 랩은 그만할 거냐고 물으니 사실 자기가 좋은 대학교를 가려는 이유는 랩을 잘하고 싶어서라고 했다. 무슨 말인지 몰라 눈만 끔뻑거리고 있는 아빠가 답답했는지 자기는 어려서부터 방송에 노출되었고, 어쩌다 보니 똑똑하다 소문이 나고 사람들이 기대하는 것들이 생겨서 엄청 부담이 된단다. 그 기대치를 충족시키려면 좋은 대학에 들어가 공부를 많이 해야 한다고, 그래야 자기가 쓰고 싶은 랩 가사에 설득력이 생길 거라고 했다.

방송에 나와서 좋은 점도 많겠지만 이런 부담을 느끼는 것을 볼 때는 미안하기도 하다. 그렇지만 이런 부담감을 이겨냈기에 자기가 원하고 목표하는 대학에 갈 수 있었을 거라 생각하면 방송 출연이 꼭 나쁜 것만은 아닌 것 같기도 하다. 지웅이는 수능을 치를 때까지 게임이랑 랩은 쳐다보지도 않고 공부에 전념했고, 수능 시험이 끝나자마자 컴퓨터에 게임을 깔더니 미친 듯이 며칠간 게임만 했다. 랩은 안 할 거냐고 물으니 아직 모르겠다고, 공부를 하다 보니 공부가 너무 재미있다며 공부를 계속할지 랩을 할지 고민 중이라고 했다. 랩을 하고 싶어 공부를 열심히 했는데 하다 보니 공부가 재미있다니 내 상식으로는 이해가 되질 않았지만, 그 역시 지웅이가 알아서 할 터이니 알아서 잘하라는 말밖에 달리 할 말이 없었다.

하지만 공부를 하겠다는 생각은 얼마 가지 않았다. 대학에 입학한 뒤 지웅이는 힙합 동아리에 가입했고 군대 가기 전까지 학교 공부보다 동아리에서 랩을 더 열심히 했던 것 같다. 물론 우리 부부는 지웅이가 학교에서 공부를 하든 랩을 하든 참견하지 않는다. 지웅이는 자기가 하는 활동은 물론 자잘한 소식까지도 항상 엄마 아빠와 공유하기에 그때그때 뭘 하는지, 무슨 생각으로 살고 있는지 알 수 있다. 그래서 우리는 멀리서나마 열렬히 응원만 해주고 있다.

가끔 우리 부부가 아이들한테 하는 대책 없는 행동을 보고 놀라거나 걱정하는 분들이 있다. 사실 우리 부부는 특별하게 정해놓은 교육관이 있지는 않다. 무슨 일이든 그 상황에 맞게 대화를 많이 했고 생각을 맞추려 노력했을 뿐이다. 다행히 아내나 나나 서로의 생각을 듣는 걸 좋아하고 서로를 배려하는 마음이 크다 보니 자연스럽게 여기까지 흘러온 것 같다.

아이들도 우리가 소유하고 가르쳐야 하는 대상이라고 생각하지 않는다. 같이 살아가고 함께 성장하는 사이가 아닌가 싶다. 아이 셋을 키우면서 비로소 우리도 어른이 되어가는 것 같다.

지웅이가 래퍼의 꿈을 언제까지 꿀지 혹은 또 다른 꿈을 꿀지 모르지만 뭘 하든 스스로 행복했으면 좋겠다. 그 꿈이 무엇이든 우리는 열렬히 응원할 것이다. 그렇지만 피자가 되는 건 말리고 싶다.

지웅아, 피자는 아니다~~~~.

# 사랑꾼 지웅이

새벽운동을 하려고 일찍 일어나서 화장실에 앉아 SNS를 보다가 지웅이 친구이자 나에게도 아들 같은 아이의 스토리에 '좋아요'를 눌렀다. 그랬더니 지웅이에게 득달같이 전화가 왔다. 받자마자 "아들~ 전화 잘못 눌렀지?" 하니 "아니? 엄마 일어난 것 같아서 전화한 건데? 준우 스토리에 '좋아요' 눌렀잖아 지금." 한다.

"히히, 그거 보고 전화했구나?"

"응. 보고 싶어서."

"지금 어딘데?"

"애들이랑 피씨방이야."

"밥은 먹었어?"

"응. 어제 저녁은 먹었지. 지금 아침인데."

"그니까. 밤새 놀았어?"

"응. 이따 갈 거야. 오늘은 뭐 있고 뭐 있고. 블라블라~."

수다스러운 지웅이 목소리가 아침부터 너무 듣기 좋다. 엄마가 일어나 있을 것 같아 전화했다니, 엄마가 물어보기도 전에 오늘 뭐 할 거라고 다 말해주는 아들이라니, 또 그것에 감동받아서 울컥하는 나라니….

별말 안 하고 끊었는데도 나는 아침부터 행복해졌다.

차고 넘치게 큰 꽃다발을 가슴 가득 안은 듯했다.

# 자유로

지웅이가 수능을 치르기 100일 전쯤의 일이다. 새벽 한 시경 지웅이가 다니는 학원 앞으로 가서 기다리고 있는데 멀리서 걸어오는 지웅이 얼굴이 너무 지치고 힘들어 보였다.

내신 성적이 생각만큼 좋게 나오지 않아 수능 성적만으로 대학을 가겠다고 정시 준비를 시작한 지 1년이 되어가고 있었고, 나중에 지웅이가 수능 공부할 때의 심정을 두고 '뼈를 갈아 넣듯이 집중하고 최선을 다했다.'라고 했으니 몸도 마음도 지칠 대로 지쳐 있던 시기일 것이다.

얼굴만 봐도 얼마나 힘든지 아니까 뭐라고 말을 붙이기도 어렵고 딱히 위로할 방법도 생각나지 않았다. 나는 조심스럽게 드라이브할 생각 없냐고 물어봤다. 지웅이는 힘없이 그러자고 했고 우리는 첫 자유로 드라이브를 시작했다.

내가 가지고 있는 차가 660cc 경차인데 이놈이 뚜껑이 열린다. 어설픈 흉내를 내는 오픈카이다. 중고로 싸게 구입해서 몇 년째 타고 있지만 뚜껑을 열 일이 별로 없었는데 이날은 시원하게 달리면 좋을 것 같아 과감히 개방을 했고, 지웅이는 휴대폰 플레이 리스트에 담긴 팝송을 차량 블루투스에 연결해서 듣기 시작했다.

우리는 자유로를 한 시간 정도 달렸다. 새벽 한 시가 넘은 시각 그곳엔 우리뿐이었고, 푸른색 조그마한 자동차는 나름 최대한의 볼륨으로 지웅이가 좋아하는 팝송을 쏟아내려 애쓰고 있었다. 자유로를 달리며 이날 지웅이도 나도 나름의 자유를 느끼지 않았나 싶다. 우린 둘 다 드라이브에 만족했다. 한 시간의 드라이브를 끝내고 아파트 주차장에 주차한 뒤 한숨을 돌리는데 지웅이가 내게 너무 좋았다고, 고맙다고, 사랑한다고 말했다. 공부하느라 지쳐 있던 녀석이 잠시나마 스트레스를 풀 수 있었던 것 같아 나도 덩달아 즐거웠고 "아빠도 사랑해."라고 대답해줬다.

그날 이후 지웅이를 데리러 갈 때는 꼭 따뜻한 외투를 챙겼고 공부를 끝내고 나오면 드라이브할 건지 물었다. 그러고는 지웅이 컨디션에 따라서 작은 차의 뚜껑을 열고 드라이브 시간을 조정했다. 집에 오려면 자유로를 달려가다 다시 돌아와야 하니 몇 개의 IC를 기점으로 시간을 조정할 수 있었다. 구산 IC에서 나가면 30분 코스, 성동 IC는 45분, 헤이리까지 달리면 1시간. 달이 둥글게 떠 있는 날, 흐린 날, 비 오는 날, 차가운 공기, 새벽 안개, 자유로 옆으로 길게 늘어선 철조망, 철조망에 막힌 강물과 가로등 그리고 또 다른 여러 풍경들…. 지웅이랑 나는 서로 다른 생각을 했을 거고 각자의 추억을 만들었을 것이다. 드라이브할 때 대화를 많이 나누지는 않았다. 서로 숨소리만 들어도 감정이 이해되는 기분이었달까. 가끔가다 눈이 마주치면 윙크를 해주거나 입모양으로 사랑한다 말해주는 지웅이를 보면서 마음이 몽글몽글해지기도 했다.

다행히 수능을 잘 치러 원하는 대학에 합격한 뒤 지웅이랑 둘이서 어딘가를 갈 일이 생겼다. 그때 지웅이가 아빠랑 드라이브했던 시간이 너무 행복했다고, 그 시간들 덕분에 스트레스도 풀렸고 그것이 성적을 잘 받는 데 큰 도움이 되었다고 말해줬다. 나도 너무 소중한 시간이었다고, 고맙다고 말해주었다.

대학교에 입학하고 얼마 지나지 않아 지웅이가 노래를 하나 만들었다며 들어 보라고 휴대폰으로 파일을 보내주었다. 파일 이름은 '아빠 헌정곡', 노래 제목은 '자유로'.

가사 하나하나에 지웅이랑 나만 아는 자유로 드라이브의 소중한 추억들이 묻어 있었다.


자유로


우릴 비추는 Moonlight

밤에 도로 위는 너무도 삭막해

울리는 팝송들이 가로등과 함께

외로운 어둠을 채우네 yeah

푸른색의 작은 차는 어김없이

또 야밤의 학원 앞에서 날 기다려

나는 아무 말 없이 외투를 걸치고

자유로를 Riding

꽤 많은 시간을 보내고 가을이 가기 전에

확신을 가질 수 있을지 전혀 감이 안 잡혀

그저 생각을 비워내며 굴러가는

차 위에 몸을 맡겼어

침묵 속 아무 대화 없이도

난 운전대를 잡은 아버지의 손을 잡고

서로의 고난을 나눠 둘로

나는 더 빠르게 생각을 멈춘 채

안개를 가르며 밤공기를 마셔

달빛을 받은 눈 밑은 아련해

다음 날이 더 빛나도록 살어

not about wasting time

잠시나마 쉬어가

오늘은 운이 좋아 하늘 위 보름달

목이 꺾일 것처럼 위를 봐

우린 달려가고 있어 자유로

우린 지금 너무 자유로워 yeah

우린 달려가고 있어 자유로

우린 지금 너무 자유로워 yeah


우릴 비추는 Moonlight

밤에 도로 위는 서글퍼

뚜껑이 열린 차 위로

스쳐가는 바람은 빨간 신호등에 멈추고

눈 감고 반쯤 졸며 하는 상상

이게 지나간 뒤 다음 삶

나는 어디 서 있게 될까

이 폭풍이 지나가 먼지가 걷힌 순간

수많은 새로운 일들이 떠오르네

난 소설의 주인공이 된 듯 숨을 들이켜

돌아가는 머리는 가볍게

다음 발자국이 더 무게감 있도록 살어

all about patient time

잠시나마 이 길을 돌아봐

오늘따라 맘이 편해

더 돌아가는 길로

조금만 더 멀리로

우린 달려가고 있어 자유로

우린 지금 너무 자유로워 yeah

우린 달려가고 있어 자유로

우린 지금 너무 자유로워 yeah

# 따로 또 같이

요즘 방송에서 여행하는 프로그램을 많이 볼 수 있다. 아마도 코로나 시국이 끝나고 더 많아지지 않았나 싶은데 우리 가족이야말로 여행 프로를 정말 많이 했다. 지웅이, 하은이는 여행 프로를 통해 성장기를 보냈다 해도 과언이 아니다. 예전에는 아침 교양 프로에 연예인 가족이 해외여행을 가는 코너가 많았는데 우리 가족이 출연하면 유쾌하고 시청률도 잘 나온다고 해서 섭외를 많이 받기도 했다.

방송이 아니더라도 우리 가족은 몰려다니는 걸 좋아해서 특별한 여행을 많이 했다.

'따로 또 같이' 여행을 처음 시작한 게 아마 지웅이 초등학교 1학년, 하은이는 여섯 살 때였을 거다. 어느 날 아내가 대학로에 놀러가고 싶다고 해서 온 가족이 재미있게 다녀올 방법이 뭐가 있을까 고민하다 만든 우리 집만의 여행법이다. 아내랑 처음 만났던 대학로는 길지 않은 우리 연애 시절이 담긴 추억의 장소이다. 지금도 있는지 모르지만 〈이발사 박봉구〉 포스터가 공연을 했던 극장 건물 지하 통로에 엄청 크게 걸려 있어서 아내가 거기 가는 걸 좋아해 자주 갔었다. 이왕 가는 거 평소와 다른 방법을 찾아보자 해서 생겨난, 우리 부부의 잔머리가 만들어낸 의외의 결과물인 거다.

우리 집에서 대학로까지 자동차로 가면 1시간 20분 정도 걸린다. 우리는 주차 문제도 그렇고 가족들이 자유롭게 걸어 다니다 아무 데나 즉흥적으로 들어가려면 차가 없는 게 낫다고 생각했고, 많이 마시진 못하지만 술이라도 한잔하려면 차는 짐이 되니까 대중교통으로 가보기로 했다. 문제는 넷이 다 같이 가면 트러블이 생길 여지가 많다는 것이었다.

당시 〈붕어빵〉에 출연하면서 이경규 아저씨와 작가들의 모략 아닌 모략으로 지웅이랑 하은이 사이에 대립 구도가 만들어져 있었다. 하은이가 놀리면 지웅이가 울고 지웅이가 울면 시청률이 상승하고 그러니 경규 아저씨는 하은이를 자극하고 지웅이는 놀리고…. 지금 생각해도 힘들고 지친다. 프로그램에는 도움이 되었겠지만 아빠 입장에서는 불편한 상황이었다. 지웅이랑 하은이는 방송과 실제를 구분하지 못해 집에서도 사이가 안 좋았다. 그래서 다툼 없이 사이좋게 둘을 데리고 나갈 방법이 뭐가 있을까 고민하다 생각해낸 것이 '따로 또 같이' 여행법이다.

우리 네 식구는 집에서 나와 마을버스를 타고 지하철역으로 향했다. 근데 애들이 생각보다 더 많이 좋아하는 거다. 아무래도 그동안 대중교통을 이용할 일이 별로 없었으니 버스 타는 것도 아이들한테는 새로운 재미였던 것 같다. 우리는 지하철역 앞에 내려서 편을 정하기로 했다. 가장 쉽고 좋은 방법은 역시 가위바위보. 아내랑 내가, 하은이랑 지웅이가 게임을 했는데 하얀과 지웅은 이긴 편, 은표와 하은은 진 편. 우리는 거기서 작별 인사를 하고 중간 목적지인 교보문고를 향해 출발했다. 나랑 하은이는 지하철을, 아내랑 지웅이는 버스를 탔다.

여섯 살 하은이는 내가 너무 끼고 다니던 시기여서 업어주기도 많이 했고 안아달라고 하면 안아주기도 했기 때문에 가는 길이 쉽지 않을 거라 생각했는데, 오히려 둘만 가는 상황이 되니까 하은이가 스스로 하려는 모습을 보였다. 하은이랑 나, 우리 둘이 함께하는 여행의 즐거움은 출발과 동시에 시작되었다. 전철을 타려면 많은 계단을 내려가야 하는데 이때 바로 게임을 시작하는 거다. 가위바위보. 하은이는 아빠를 이겨보겠다고 정말 열심히 게임을 했다. 어차피 만나는 시간을 정하지도 않았으니 뭐든 해보고 여유롭게 갈 생각으로 나도 그 상황을 즐겼던 것 같다. 사실 여섯 살짜리 이기고 지는 건 조절이 가능하다. 이때도 그렇고 후에도 거의 모든 게임에서 내가 졌다. 아주 아슬아슬하게(하은이뿐 아니라 지웅이와 휜이도 아빠를 이기는 걸 진짜 좋아한다). 그렇게 계단을 내려간 다음 걸어서 한참을 가야 하는 구간이 나오면 둘 다 정지 자세를 했다. 지나가는 사람이 없을 때까지. 사람이 안 보이면 요이 땅! 출발하는 거다. 신기하게 애들은 그런 게임을 좋아한다. 뭐 나도 조금은 아주 조금은 재미있다.

그렇게 재미있게 지하철을 타고 드디어 출발! 우리는 자리를 잡고 앉아서 조잘조잘 얘기도 하고 가져온 책도 읽는데 거리가 꽤 멀다 보니 얼마 안 가서 무료해진다. 그럴 때 자주 했던 게 빙고 게임이다. 각자 종이에 스물다섯 칸을 그려서 1부터 25까지 숫자를 쓰고 번갈아가며 하나씩 숫자를 불러 가로 세로 대각선으로 다섯 개의 숫자를 지우고 다섯 줄을 먼저 완성하는 사람이 승자가 되는 것이다. 숫자로 하는 게 지겨워지면 공통의 관심사로 게임 주제를 바꾸기도 했다. 시장에 가서 볼 수 있는 것, 유치원에서 볼 수 있는 것, 동물 이름, 식물이름, 때로는 〈붕어빵〉 출연진 이름으로 게임을 하기도 했다. 김구라, 왕종근, 김국진, 정은표, 정지웅 둘이 같이 알고 있는 이름 스물다섯 명은 금방 채울 수 있었다.

하은이가 나한테 크게 놀란 적이 있는데 하은이 유치원 친구들 이름으로 빙고 게임을 할 때였다. 하은이는 아빠가 자기 친구 스물다섯 명을 어떻게 알겠냐고 절대 알 수 없을 거라고 큰소리를 쳤지만 난 당당하게 알고 있다고 말했다.

"네 친구 맹지은 있지? 아빠가 다 알아. 일단 써 봐. 써 보면 알 거 아냐~."

하은이는 반신반의하면서 친구들 이름을 써내려간다. 나는 같은 아파트에 사는 맹지은을 먼저 쓰고 그다음부터는 슬쩍 하은이가 쓰는 이름을 커닝한다. 스물다섯 명이 다 채워지고 "하은이 너 먼저 해봐." 하면 하은이는 아빠가 절대로 알 수 없을 만한 이름을 부른다. "동우, 이동우. 절대 없을걸~." 나는 씩 웃으면서 "동우 있지? 봐봐!!" 하은이는 깜짝 놀라면서 "아빠가 동우를 어떻게 알아?" 나는 다시 "아빠가 하은이한테 얼마나 관심이 많은데! 아빠는 하은이를 엄청 사랑해. 그래서 하은이한테 관심도 많아." 아빠를 보는 하은이의 눈빛에 놀라움과 감동이 가득하다. 어깨를 으쓱하면서도 마음 한쪽으로는 살짝 가책을 느꼈지만 아빠가 하은이를 사랑한다는 것, 하은이한테 관심이 많다는 건 인정받을 수 있었다.

그렇게 둘이서 신나게 가다 보면 거짓말 같지만 버스를 타고 있을 두 사람이 미친 듯이 보고 싶다. 하은이한테 아빠는 엄마랑 오빠가 너무 보고 싶다고 하면 하은이도 그렇다고 하면서도 살짝 오빠에 대한 반감을 보인다. 그럴 때면 심각하지 않게 오빠랑 너는 남매고 지금 사이가 안 좋은 건 〈붕어빵〉 콘셉트 때문이라고 말해준다. "오빠는 하은이를 너무 사랑한다고 하던데?" 이런 식으로 말해주면 자기도 오빠 사랑하는데 요즘 못되게 굴어서 미안하다고 한다.

오빠에 대한 하은이의 감정이 변한 걸 느낀 나는 저쪽 팀에 문자를 한다. '우리는 너무 재미있는데 너희는 별로지?' 그럼 저쪽에서 '말도 마라, 시간이 너무 빨리 간다 너무 재미있어서.' 이런 문자가 오가면서 하은이도 지웅이도 다시 경쟁을 시작한다. 하여간 애들의 단순함은, 아니 우리 가족의 단순함은 유치함의 끝장이다.

먼저 교보문고에 도착한 아내랑 지웅이가 책도 보고 문구도 구경하며 우리를 기다리고, 마침내 온 가족이 만나는 순간 이산가족 상봉 저리 가라 할 정도로 서로 부둥켜안으며 반가워한다. 우리는 이곳에서 맛있는 음료도 사먹고 시간을 보내다가 최종 목적지인 대학로를 향해 출발한다. 여기서 중요한 건 파트너 체인지다. 아내랑 하은이, 은표랑 지웅이로 편을 바꾸는 것이다. 나랑 지웅이는 동대문시장에 들러서 옷을 사고 엄마랑 하은이한테 선물할 머리핀이랑 리본도 구입한다. 아내랑 하은이는 광화문우체국에 들러 자신한테 보내는 편지를 썼다고 한다. 아내는 나한테도 편지를 썼다고. 며칠 후에 아내가 보낸 달달한 연애편지를 받고 감동의 눈물을 살짝 흘린 건 아내도 모르는 비밀이다.

드디어 대학로 도착. 자차를 이용하면 한 시간 반도 안 걸릴 거리를 여섯 시간 넘게 여행해서 도착했다. 출발 전에는 대학로에서 뭘 할지 계획도 많았다. 그렇지만 아무도 계획을 실행할 의지가 없다. 서로 눈치만 보는데 지웅이가 배가 고프다고 한다. 먹고 싶은 거 있냐고 물으니 당연히 "짜장면"이라 외친다. 다른 가족들은 모두 지쳐서 의견을 낼 생각을 안 한다. 당연히 의견 통일. 배부르게 먹고 나오니 피곤함은 더 밀려온다.

조심스럽게 "집에 갈까?" 하니 다들 큰소리로 외친다. "좋아!" 나는 통 큰 결정을 한다. "자, 택시 타자." 요금이 제법 나오겠지만 현명한 결정이다. 택시가 출발하자마자 가족들 전부 꿈나라로 여행을 간다.

훤이가 태어나기 전 넷이서 했던 여행 에피소드지만 훤이가 태어난 뒤에도 우리 가족은 이런 식의 여행을 자주 했다. 나중에 기회가 된다면 세계일주도 이렇게 '따로 또 같이' 여행으로 해 보고 싶다. 얼마나 설레는가? 내일은 에펠탑 아래서 만나 이틀 정도 파리 여행을 즐기고 다음 행선지는 프라하, 그다음은 런던! 가는 방법은 각자 알아서.

나는 혼자 갈 생각은 없다. 하얀 씨 손 꼭 잡고 따라갈 생각이다. 세계일주를 즐기려면 시간도 충분해야 하고 돈도 있어야 하는데….

# 지나고 나서야 알게 되는 것

얼마 전 훤이 친구 엄마들 모임이 있었다. 육아나 교육에 관한 생각이나 철학이 비슷해 언니 동생 하면서 잘 지내는 편이다. 그런데 아이들이 사춘기에 접어들면서 엄마들도 고민이 많아지기 시작했다. 특히 여자아이들이 사춘기를 좀 더 이르게 겪는 경향이 있다 보니 외모에 대한 관심이 커져 화장이며 머리며 하고 싶어하는 게 많다며, 그걸 막기가 쉽지 않아 고민이라는 딸 엄마들이 여럿 있었다. 그 이야기를 듣다 보니 하은이 사춘기 때가 생각났다.

그 나이 때의 나와 달리 하은이는 꾸미는 데 관심이 많았다. 청소년기에 몰래 엄마 화장품을 발라 보던 친구들과 달리 나는 화장에 전혀 관심이 없었고, 그런 성향은 지금도 여전하다. 그러니 색조화장품은 고사하고 기본적인 팩트도 갖추고 있지 않아 하은이는 내 화장품을 만져 볼 기회조차 없었다. 그런데 어느 날부터 아이 얼굴이 분을 바른 듯 뽀얗고 손톱에도 매니큐어가 칠해져 있는 게 아닌가. 아이가 갖고 다니는 파우치를 보니 문방구에서 산 듯한 분이며 장난감 같은 립스틱이 들어 있었다.

"하은아, 친구들이 화장을 많이 하니? 선생님이 뭐라고 하진 않으셔?" 그러자 아이가 웃으며 대답했다. "응. 요새 다들 해. 우리 반 선생님도 못하게 하지는 않으셔. 얼마나 많은 애들이 하는지 옆 반 급훈이 뭔지 알아? '화장을 하지 말자야.'" 내가 "'화장을 하지 말자'가 급훈일 정도면 안 해야 하는 거 아니야?"라고 반문하자 이런 대답이 돌아왔다. "그 급훈은 애들 스스로 정한 거야."

그 말을 듣고 하은이에게 제안했다. "어차피 화장을 할 거면 성분을 알 수 없는 이런 제품이 아니라 좋은 화장품을 쓰는 게 나아. 비싼 걸 사자는 이야기가 아니라 화장품 전문회사에서 만드는 걸 쓰자는 말이야. 네 피부를 생각하면 아예 안 하는 게 좋겠지만, 엄마가 하지 말란다고 안 할 것 같진 않으니 대신 엄마랑 같이 가서 사고 진하지 않게 살짝만 하겠다고 약속해줘."

당연히 하은이는 좋아라하며 약속했고, 나는 같이 화장품 가게에 가서 아이에게 물건을 고르라고 했다. 세상에, 나는 이름도 모르는 화장품 종류가 얼마나 많은지…. 아이는 신이 나서 이건 어디에 쓰는 거고 이건 뭐를 커버할 때 쓰는 거라고 설명한다. 어휴, 잡티 하나 없는 피부에 커버할 데가 어딨다고…. 최소한으로 사자고 합의했는데도 쇼핑을 마치고 보니 파우치로 하나 가득이다.

이게 끝이 아니었다. 어느 날 또 이러는 것이 아닌가.

"엄마, 나도 머리 염색하고 싶어."

"염색을 갑자기 왜?"

"한번 해 보고 싶어."

"무슨 색으로?"

"파란색."

"파란색? 너 감당할 수 있겠어?"

"왜? 그 색이 어때서?"

"너무 튀지 않을까?"

"그게 왜?"

"그래, 한번 생각해 보자."

나는 남편에게 하은이의 염색에 대해 이야기했다. 그때 남편과 내가 내린 결론은 '어차피 중학교 들어가면 염색이나 펌 같은 건 못할 테니 지금이라도 하고 싶은 걸 하게 두어 나중에 아쉬움이나 후회를 갖지 않게 하자.'였다. 도덕적으로 잘못된 행동이라면 단호하게 통제해야겠지만 그런 것이 아니라면 말이다.

그렇게 하은이는 파란색으로 첫 염색을 했고, 나중에 검은색으로 돌아갔다가 노란색으로도 해 보는 등 네 번 정도 색을 바꾸었다. 우리 부부는 처음에는 딸내미 멋내기에 돈이 엄청 든다고 구시렁댔고, 나중에는 머리카락과 두피가 상할까 봐 전전긍긍했다.

하은이가 고등학생이 되고 나서 어느 날 무심하게 이야기를 꺼냈다.

"엄마, 그때 엄마랑 아빠가 화장이나 머리 염색을 못하게 하지 않고 내가 하고 싶은 대로 다 하게 해줘서인지 지금은 그런 거에 아무 관심이 없어. 이것저것 해 보고 싶은 게 최고로 많을 때 하고 싶은 걸 다 해 봐서 그런가 봐. 정말 고마워."

그 말 듣고 아무렇지 않은 척 "그랬어?" 하고 넘어갔지만 그렇게 생각하고 말해주는 딸이 얼마나 기특하고 고마웠는지 모른다. 남편과 내가 심사숙고해 내린 결정이 틀리지 않았다는 생각에 정말 기뻤다.

얼마 전, 당시 하은이를 가르쳤던 선생님에게서 이런 말을 들었다.

"저는 어머니께서 굉장히 보수적일 거라고 생각했는데 하은이가 염색하고 화장을 해도 뭐라 하지 않으셔서 처음에는 의아했어요. 저라면 못하게 했을 것 같거든요. 그런데 하은이를 보면서 어머니의 판단이 틀리지 않으셨구나, 대단하시다 생각했어요."

나이가 들면서 깨닫게 되는 것이 있다. 지나고 나서야 비로소 알게 되는 것들이 차곡차곡 쌓여간다. 내 방법이 언제나 옳은 건 아니지만 숱한 시행착오와 고민을 통해 아이들이 성장하고 또 내가 성장하니 감사할 따름이다. 가까이에 나의 마음과 의도를 알아주는 사람이 있다는 것도.

# 들켜버린 마음

하은이는 참 얄미울 정도로 몸에 좋은 걸 야무지게 잘도 챙겨먹는다.

지웅이가 수험생일 때 하루에 한 번 먹는 영양제를 사준 적이 있다. 구입한 당일에만 내가 뜯어서 먹이고 매일 스스로 챙겨먹을 수 있도록 책상 위에 놔줬는데 나중에 보니 거의 그대로길래 돈 아깝다고 화낸 적이 있다. 하은이는 그 반대다.

"엄마, 요즘 피곤하니 비타민을 좀 챙겨먹어야 할 것 같아. 알아보니 여기 것이 좋다네. 이것 좀 사줘."

"엄마, 오래 앉아 있으니 다리가 자꾸 붓네. 압박스타킹 하나만 주문해줘."

"엄마, 압박스타킹으로는 안 되겠어. 하체부종 개선제가 있다니 그걸 좀 준비해줘."

어느 날은 기숙사에 있는 하은이에게 이런 카톡이 왔다.

"엄마, 이거 내가 먹는 다이어트 보조제인데 내일부터 공구 한다니까 엄마가 주문 좀 해줘. 나는 여기서 시간 맞추기가 힘들어."

이것저것 주문이 많고 자신에게 필요한 것은 진짜 알차게 잘 챙겨먹는다. 너무하다 싶다가도 스스로 알아서 잘 챙기니 기특하기도 하다.

하은이는 집에 오면 내가 먹는 효소와 유산균을 뺏어 먹는다. 기숙사에 있다가 집에 오면 아무래도 과식을 하게 되니 속이 부대낀다면서 끼니때마다 내 효소를 먹는다. 문제는 효소와 유산균 봉지 윗부분을 잘라 털어 먹고는 빈 봉지를 딱 먹은 그 자리에 두고 간다는 거다. 처음에는 보이는 대로 치워줬는데 어느 날부터는 나도 부아가 나기 시작했다. 하은이가 기숙사로 돌아간 뒤 여기저기 굴러다니는 봉지를 보고 있으면 왜 그렇게 짜증이 나던지.

벼르고 벼르던 어느 날(나도 기분이 별로였던 날인 것 같다) 하은이에게 못 참고 얘기했다. "하은아, 이거 먹었으면 쓰레기통에 버려. 왜 맨날 여기다 그냥 두고 가? 누가 치우라고?" 소리소리 지르고 싶었지만 꾹 누르고 최대한 냉정하게 얘기하려 노력했던 것 같다. 그랬더니 하은이는 아무렇지 않다는 듯 "알았어." 한다. 그래, 알았다고 했으니 어디 두고 보자. 한 번만 더 걸려라. 내 마음이 그랬던 것 같다.

그런데 그 후 한 번도 그 봉지를 내가 치운 적이 없다. 나는 그날 소리소리 지르며 화내지 않은 것이 정말 다행이라고 생각했다. 아이는 아무 생각 없이 했던 행동이고 엄마가 앞으로는 주의하라고 했으니 그 말을 따르고 있는 거다. 나를 골탕 먹이거나 귀찮게 하려 한 것이 아니라 '그냥 그런' 거였다. 아이는 아이다. 아무 생각 없이 한 행동이라면 이렇게 부탁하거나 올바른 방법을 알려주면 되는 거구나.

한번은 이런 일도 있었다.

하은이의 학원 시간이 변경된 날이었다. 11시에 시작해 1시에 끝나고 바로 옆에 있는 학원에 2시까지 가면 되는, 한마디로 완벽한 스케줄이었다. 방학 한 달 반을 그렇게 움직이다가 개학을 하면서 바뀌었는데 확인해 보니 9시에 갔다 11시에 끝나고 다시 2시부터 시작되는 스케줄이었다. 시간표를 보자마자 짜증이 나서 남편한테 툴툴거렸다. "아, 시간이 이렇게 바뀌면 11시에 데리러 갔다가 다시 2시까지 데려다줘야 하잖아.

155

일이 많아졌어." "그래도 어째. 점심도 먹어야 하고. 데리고 와서 점심 먹이고 보내야겠네." 남편이랑 마주보고 헛웃음 한번 짓고 그렇게 잊고 있었다.

학원 가는 날 아침, "오늘 11시에 끝나지? 그랬다가 2시까지 가면 되는 거고?" 했더니 "응. 9시부터 11시. 근데 끝나고 그 앞 스터디카페에서 공부하다가 뭐 좀 먹고 2시에 들어가려고. 자습할 시간이 있어 좋네. 다 끝나면 데리러 와도 될 것 같아."

아, 나는 또 반성했다. 잠깐의 귀찮음을 입으로 툴툴거린 나 자신이 부끄러웠고, 하은이에게 내 마음을 들켜버린 것 같아 민망하고 미안했다.

어느 토요일에는 기숙사에서 2박 3일쯤 휴가를 받고 나온 하은이가 너무나 열심히 또 손톱 연장을 하는 거다(손재주가 좋은 하은이는 중학교 때부터 혼자서 유튜브를 보고 네일케어를 기가 막히게 했다. 손톱 연장은 물론이고 파츠까지 만들어서 붙이곤 했다). 밤을 새워 손톱을 예쁘게 치장한 하은이를 본 우리 부부는 경악했다. 낼모레 학교로 돌아가야 하는데 손톱을 저래놓고는 어찌하려는지 욱하고 화가 올라왔지만 최대한 곱게 얘기했다. "하은아. 학교 들어갈 때는 어쩌려고 손톱을 그렇게 해놨어. 방학도 아닌데." "응, 내가 알아서 할게." 속이 터질 것 같았지만 얘기한 것으로 끝냈다. 아직 하루의 시간이 있었으므로.

　기숙사로 돌아가는 날 저녁, 짐을 옮기려 방에 들어가 보니 하은이 손톱은 언제 그랬냐는 듯 단정하고도 짧은 모양으로 돌아가 있었다. "엄마, 나는 손톱 정리하면서 스트레스를 풀어. 이렇게 예쁘게 해놓은 거 보면 기분이 좋아져. 하루라도 내가 좋아하는 거 해 보는 거니까 걱정하지 마." 나는 진짜 꼰대였다. 학생으로서는 안 되지만 집에 있는 하루이틀 하고 싶은 걸 하는 애를 못 참고 또 얘기하고 말았다. 그 뒤로는 하고 싶은 말이 있어도 조금 더 생각하고 조심하게 되었다.

　그렇다 해도 나는 여전히 자주 욱하고 할 말 많은 엄마이며, 아직도 아이들에게 매일 배우면서 같이 성장하고 있다고 느끼는 엄마이다.

# 그렇게 또 성장하는 우리

막내 훤이의 생일파티가 있었다. 초등학교 입학한 뒤 코로나로 몇 년을 미뤄왔던 터라 생일파티에 대한 아이의 기대는 엄청났다. 우리는 훤이의 아주 친한 친구와 그 엄마들을 집으로 초대했다. 나는 막둥이가 만족할 수 있게 나름 신경 써서 풍선으로 포토존을 꾸미고 다양한 음식도 부지런히 준비했다. 그 모습을 보며 훤이는 너무너무 행복해했다.

그런데 케이크의 촛불도 잘 끄고 음식도 맛있게 먹고 선물도 잔뜩 받아 좋아하던 훤이는 놀다 지친 건지 주인공인 자신에게 집중하지 않는 친구들에게 삐진 건지 점점 시무룩해졌다. 그러더니 결국은 저녁 무렵까지 놀다가 나에게 와서 "다 가라고 해." 하더니 혼자 방에 들어가 울기까지 했다. 너무 민

망해 어쩔 줄 몰라하는 내게 엄마들은 괜찮다고 말하고는 아이들을 데리고 집으로 갔다.

휜이에게 왜 그랬냐고 물었더니 친구들이 방에서 자신이 소중하게 생각하는 물건들을 함부로 만지고 같이 놀다가도 다른 것을 하고 그래서 짜증이 났단다. 나는 휜이에게 너의 마음도 이해는 가지만 누군가를 집으로 초대했을 때는 그만큼의 배려가 필요하다고, 친구들도 너의 생일을 축하해주러 온 거니 그 정도의 희생은 해야 한다고 말해줬다. 너의 생일이지만 주인공은 네가 아니라고, 너는 초대한 친구들이 즐겁고 편안하게 우리 집에서 놀 수 있게 해주는 호스트라고 얘기했다. 다 이해한 것 같지는 않았지만 그럭저럭 넘어갔다.

몇 달 후 휜이가 친한 친구의 생일에 초대받아 나와 함께 갔다. 모두가 잘 먹고 잘 놀았는데 저녁때쯤 휜이 생일 때와 똑같은 상황이 벌어졌다.

집에 오는 길, 엘리베이터 안에서 휜이가 말했다.

"엄마, 나는 그 친구 마음을 이해할 수 있어. 우리가 좀 더 일찍 나왔어도 좋았을 것 같아. 친구가 힘들었을 거야."

아, 휜이가 자신의 경험을 통해 다른 사람의 상황을 이해할 만큼 컸구나! 그날 휜이가 너무나 대견하고 기특하게 느껴졌다.

# 정은표 씨, 미쳤다

기숙사가 있는 학교로 진학한 하은이는 제법 멋지게 고등학교 생활을 했다. 입학할 즈음에 사춘기도 절정이어서 나랑 살짝 갈등이 있었는데, 기숙사에서 평일을 보내고 주말에만 집에 오니 부딪힐 일도 거의 없었고 우리 부부는 오히려 좋다고 생각했다.

하은이는 공부 욕심이 많아서 열심히 했고 성적도 상위권을 유지했다. 하은이도 우리 부부도 별 탈 없이 잘 지내는 시간이 이어졌지만, 예민한 사춘기에 서먹서먹해졌던 나랑 하은이 관계는 좋아지지도 나빠지지도 않았다. 사춘기가 오기 전 살갑고 따뜻했던 부녀 사이가 데면데면한 상태로 계속되면 안 되겠다 싶어 나는 나름대로 방법을 고민하기 시작했다. 그렇지만 하은이가 주말에만 집에 오고 항상 공부하느라 지친 모습이다 보니 마땅한 방법이 떠오르질 않았다.

그러던 어느 날 집에 온 하은이가 지난주에 공부하다가 갑자기 떡볶이가 먹고 싶어서 혼났다고 하는 거다. 기숙사에서 나오는 급식도 괜찮겠지만 밖에서 흔하게 먹던 음식이 갑자기 떠오르면 얼마나 먹고 싶을까 생각하니 짠하기도 하고, 가끔 주중에 사제음식(우리 가족은 기숙사 생활을 군대 생활이랑 비슷하다 생각해서 사제음식이라 부른다)을 먹는 것도 괜찮겠다 싶어서 나름 하은이를 만날 수 있는 방법을 떠올렸다.

그다음 주 화요일 오후에 하은이한테 문자를 보냈다. 내일 점심 먹기 전에 아빠가 갈 테니 잠깐 볼 수 있냐고 하니 하은이가 시간이 괜찮다고 한다. 수요일 오전, 하은이가 집에 오면 즐겨 먹는 마라탕을 포장해서 점심시간에 맞춰 학교로 갔다. 평일에 길이 안 막히면 40분도 안 걸리는 거리라 시간을 맞추는 것도 그리 어렵진 않았다. '아빠 주차장에 있으니 내려와.' 문자를 보내고 기다리니 점심시간인 1시가 돼서 하은이가 내려왔다. 하은이는 포장해온 마라탕을 보면서 많이 놀랐는지 한동안 말이 없었다. 상황 파악이 끝난 하은이는 "정은표 씨, 미쳤다!"라는 말로 나에게 최고의 칭찬을 보냈다. 우리 아이들은 평소에도 아빠가 잘하는 게 있으면 이름을 불러 칭찬해주는데, 자칫 건방져 보일 수도 있겠지만 이건 우리 가족만의 놀이이고 아내나 나나 아이들이 이름 불러주는 걸 무척 좋아한다. 하은이랑 나는 좁은 차 안에서 마라탕을 맛있게 먹으면서 수다를 떨었다. 주말에 집에 왔을 때 나누던 대화하고는 전혀 다른 마음속 깊은 얘기도 했고 마라탕을 먹는 내내 웃음이 끊이질 않았다. 기껏해야 30분도 채 안 되었지만 나도 하은이도 너무나 만족스러운 시간이었다.

식사를 마치고 차 문을 열고 나서는 하은이한테 "하은아, 사랑해." 하니 하은이가 나를 지그시 보며 "응 아빠, 나도 사랑해. 고마워~. 조심히 가." 그러고는 교실로 올라갔다. 나는 한참 동안 차 안에서 아무것도 못하고 있어야 했다. 사춘기가 심하게 오면서 하은이와 갈등이 제법 있었고 숨 쉬는 것처럼 편하게 자주 하던 사랑한다는 말을 못한 지 거의 2년 만에 다시 한 것이니 그때의 기분을 달리 표현할 방법이 떠오르질 않는다.

그날 이후 나는 스케줄이 없는 수요일마다 하은이와 잠깐의 점심 데이트를 계속했다. 초밥, 마라탕, 덮밥, 피자 등 하은이가 좋아할 만한 메뉴를 고민하는 일도 나름의 즐거움이었다. 그중 제일 심혈을 기울인 메뉴는 탕수육이었다. 하은이와 나는 식성이 거의 비슷해서 좋아하는 음식도 비슷한데 예전에 성북동 쪽 오래된 중국집에서 하은이가 탕수육을 유난히 맛있게 먹었던 기억이 나 그 탕수육을 준비해 가기로 했다. 나는 가기 전날 나름 시간을 계산했다. 집에서 중국집까지 가는 데 1시간 10분, 주문하고 음식 나오는 데 30분, 거기서 학교까지 1시간 30분, 그러면 총 소요 시간이 3시간 10분. 1시까지 가야 하니까 집에서 9시 50분에는 출발해야 하는데 여유 시간 10분 정도를 더 둔다고 하면 9시 40분에 출발하면 되겠다고 완벽한 계획을 세웠다.

드디어 하은이를 만나는 수요일, 나는 전날 세운 계획대로 움직였고 점심시간에 하은이와 맛있는 탕수육을 먹을 수 있었다. 당연히 하은이는 "정은표 씨, 진짜 미쳤다!"라는 칭찬과 함께 아빠 사랑한다고, 고맙다고 말했다. 내가 말하지 않아도 하은이가 먼저 사랑 표현을 하는 것도 당연한 일이 되었다. 그렇게 사춘기 소녀는 성숙한 시간을 보내고 지금은 이쁘고 멋진 어른이 되었다.

너무나 속상한 건 얼마 전 그때 함께했던 점심 식사에 관해 얘기하는데 다른 메뉴는 거의 기억하고 너무 좋았다고 하면서도 탕수육은 생각이 안 난단다. 내가 얼마나 심혈을 기울였는데, 몇 시간 동안 운전을 했는데 그걸 기억 못 한단 말인가? 이건 좀 아니지 않나? 조만간 다시 탕수육 사러 가야겠다. 먹으면 생각날지도 모르니까. 아니 꼭 생각나게 만들어야지~.

# 부끄러움 많은 아이

어려서부터 휜이는 부끄러움이 아주 많았다. 어려서부터 성격이 친화적이었던 지웅이, 하은이와 달리 휜이는 늘 아빠한테 안겨 숨어 있었고, 놀이터에서도 아무에게나 막 말을 걸고 다가가는 또래 아이들과 다르게 혼자 노는 것을 좋아했다. 자주 만나지 못하는 시골 친척들과도 인사는커녕 가까이 가지도 않다가 하루 반나절쯤 지나고 나서야 조금 웃는 정도였다. 휜이는 지웅이, 하은이와 같은 듯하면서도 다른 점이 너무 많아서 진짜 같은 배에서 나와도 이렇게 다를 수가 있구나, 생각하게 만드는 아이였다.

어린이집을 거쳐 유치원에 다니면서부터는 놀이터에서도 처음 보는 친구들과 잘 놀고 인사도 잘하길래 어릴 때의 부끄러움은 사라졌나 보다 생각했다.

유치원에서는 이런저런 행사가 많았다. 선생님이 휜이가 연습도 열심히 하고 아주 잘하고 있다고 수첩에 써주셔서 우리 부부의 기대감은 높아졌다. 휜이 유치원에서 있었던 첫 부모 참여 수업은 (세 번째인데도) 처음 경험하는 일인 양 설레었다. 각 반에서 엄마 아빠와 같이 만들기를 하거나 원반 던지기 등을 할 때도 휜이는 아무 문제 없이 재밌게 참여했다.

드디어 대망의 하이라이트. 제일 넓은 교실에서 아이들의 발표회가 시작됐다. 아이들은 그동안 연습한 대열로 서서 노래를 부르며 열심히 율동을 했다. 그런데 그 많은 아이들 중 휜이만 입을 꾹 다문 채 차렷 자세로 미동도 않는 거다. 선생님이 웃으며 율동을 유도했지만 아이들의 가운데쯤에서 휜이는 목각 인형처럼 서 있었다. 나와 남편은 민망하기도 하고 화도 나서 노래 한 곡이 끝나자 휜이를 데리고 나와버렸다. 그후로도 그런 공연에서 움직이는 휜이의 모습은 보지 못했다. 이런 일이 두어 번 반복되자, 우리는 부끄러움이 많은 아이라 그런 것 같으니 그 성향을 인정해주자 하고는 더 이상 다그치지 않았다. 대신 연습은 열심히 하되 공연은 하지 않는 휜이가 다른 친구들에게 방해되는 일이 없도록 티 안 나는 자리에서 연습할 수 있게 해달라고 선생님께 부탁드렸다. 방송 출연도 하고 여러 사람을 만나면서 나아졌다고 생각했는데, 부끄러워서인지 여전히 단체로 무대에 서서 뭔가를 보여주는 것만은 절대 하지 않았다.

그 무렵 우리 가족이 〈너에게 나를 보낸다〉라는 방송에 출연하게 되었다. 남편이 아이돌 그룹 '신화' 멤버 앤디 씨의 삶을 살고 앤디 씨는 우리 집에서 아이들과 같이 생활하는, 서로의 삶을 바꾸어 살아 보는 프로그램이었는데 그분은 촬영 때뿐 아니라 평소에도 친절하고 다정했다.

어느 날 휜이를 이뻐하는 앤디 씨에게 나도 모르게 하소연을 했다. "휜이가 부끄러움이 많아 앞에 나가 친구들과 하는 공연은 하지 않아요." 그러자 앤디 씨가 얘기했다. "제가 그랬어요. 부끄러움이 많아 친구들 앞에서 책 읽기를 하는 시간이 너무 싫었어요." "네에? 정말요?" "네. 정말로요. 그런데 지금 무대에서 노래도 하고 댄스도 하잖아요. 좋아하는 게 있으면 남들보다 더 잘할 겁니다. 저는 그렇게 믿어요." 그러면서 밝게 웃었다. 휜이는 꼭 그럴 거라며.

그 말을 잊을 수가 없다. 본인의 경험에 빗댄 애정 어린 조언도 감사했고 꼭 그렇게 될 것이라 믿는다는 말도 큰 위로가 되었다. 조금씩 바뀌어가는 훤이의 모습을 볼 때마다 앤디 씨의 그 말이 다시금 생각나곤 한다.

# 우리 부부 대화법

"훤아, 노는 것도 좋은데 숙제 먼저 하고 놀면 마음이 더 편하지 않니?"

"응, 엄마. 숙제하고 놀면 좋긴 한데 지금은 좀 놀고 싶네."

"그래, 그럼 편하게 놀아. 놀다 지치면 숙제도 할 거지?"

"엄마, 무슨 소리야? 당연히 해야지."

"그래, 시작 시간은 네가 결정해~."


"훤아, 뭐가 하고 싶어? 댄스도 좋고 드럼도 좋고 보컬도 좋은데 아빠 생각에는 지금은 댄스랑 드럼만 하면 좋을 것 같아. 보컬학원은 거리도 있고 시간 맞추기도 애매하네. 그치만 결정은 네가 해. 아빤 네가 하자는 대로 할게."

"응, 아빠. 그럼 보컬은 좀 미루자. 방학 때는 할 수 있지?"

"그럼. 네 결정이 중요하지."


"자기야, 방송에 아이돌 그룹들이 나오는데 영어를 현지인처럼 한다."

"어렸을 때 외국에서 살다 온 거 아냐?"

"아니래. 요즘에 영어는 기본이잖아. 열심히 했을 거야."

"와, 멋지다! 우리 훤이도 나중에 댄스를 하든 미술을 하든 영어는 잘하면 좋겠다."

(근처에서 훤이가 놀고 있어 다 들리겠지만 마치 우리 둘만 있는 것처럼 대화한다.)

우리 부부가 아이들이 뭔가를 해야 할 때 대화하는 방법이다.


지웅이, 하은이가 어려서부터 공부 잘한다는 소문(헛소문임)이 나면서 우리 부부는 공부법에 관한 질문을 자주 받았다. 그럴 때마다 "우리는 한 게 없어요. 애들이 알아서 했지."라고 말하곤 했다. 이 말은 사실이다. 학습에 관해서는 우리는 정말 관여하지 않았기에 틀린 말이 절대 아니다.

아이들 공부를 어떻게 가르쳤는지, 엄마 아빠가 학습을 어떻게 이끌어줬는지 궁금해하는 분들이 많은데 사실 이 책을 쓰기 시작하면서 그 부분을 찾아내는 게 제일 힘들었다. 왜냐하면 정말 우리가 한 것이 없으니까. 그럼에도 불구하고 우리도 조금은 한 것이 있을 거라 생각하며 고민에 고민을 거듭한 결과 우리의 대화법이 해야 할 일을 스스로 하는, 자기주도가 가능한 아이들로 만든 게 아닐까 조심스럽게 진단해 본다.

사실 우리 부부가 좀 영악하다. 우리 스스로 내린 진단이긴 하지만 둘 다 잔머리가 보통이 아니다. 아이들 키우면서 무슨 일을 진행할 때 혹은 결정해야 할 때면 마지막에는 꼭 아이들이 스스로 하게 했다. 아니 정확하게 말하면 스스로 하는 것처럼 '믿게' 하는 거다.

하은이가 기숙사가 있는 고등학교로 진학한 게 대표적인 예인데, 앞에서 얘기했듯이 하은이가 사춘기를 심하게 겪으면서 나랑 갈등이 좀 있었다. 우리 부부는 하은이랑 나랑 둘이 붙어 있으면 싸울 일이 많을 것이 뻔하니까 둘이 좀 떨어져 살 수 있는 방법을 고민했다. 그렇다고 사춘기 소녀에게 기숙사 있는 학교로 진학하라고 일방적으로 말하면 반항심에 안 간다 할 수도 있으니 오랫동안 공들여 하은이를 설득했다.

첫 단계는 학교 정보를 조금씩 흘리는 거다. 이런 학교가 있는데 거기 가면 집중해서 공부할 수 있으니 좋을 것 같다, 하는 식으로. 그러다가 하은이가 관심을 보이면 "너도 생각이 있니? 알겠어. 그럼 엄마가 알아볼까?"(여기서 중요한 건 절대 엄마나 아빠가 자의적으로 결정하는 게 아니고 '네가 하라고 하니 하는 거'라고 말하는 거다. '알아볼게'가 아니라 '알아볼까?'가 포인트다) 한다. 학교에 대한 정보를 수집해서 알려주고 그러면서 엄마 아빠의 생각을 살짝 덧붙이는 거다.

우리는 학교 측에 문의해 방문이 가능한지 알아보고 하은이랑 같이 학교로 가서 시설도 살펴보고 선생님들에게 상담도 받았다. 돌아오는 길, 차 안에서 하은이가 걱정스럽게 말했다. "여기로 진학하면 잘할 수 있을까? 이게 맞는 건가?" 우리는 우리가 생각하는 장점과 단점을 말해주고 천천히 고민해 보라고 했다. 마지막은 항상 "네가 결정해야 한다."였다. 그런데 이미 하은이 생각의 무게는 기울어 있다. 진학으로~.

며칠 후 하은이가 자신의 결정을 알려준다. 진학하기로 했다고. 그렇지만 여기서 우리는 한 번 더 확인을 한다. "기숙사 생활이 힘들 텐데 괜찮겠니? 조금만 더 생각해 봐~."

물론 이미 마음의 결정을 내린 하은이는 가겠다고 한다. 고민은 엄마 아빠가 같이 해주지만 결정은 스스로 했다는 걸

172

하은이는 알 것이다.

 일상 속 사소한 일에서도 우리 부부는 아이들 의견을 존중한다. 외식 메뉴를 고를 때조차도 어른들이 많은 의견을 내지만 결정은 아이들이 하게 한다. 그렇지만 결국은 나나 아내가 먹고 싶은 걸 먹으니 마법 아닌 마법이다.

# 댄스하는 휜이

휜이는 운동하는 걸 좋아하지 않는다. 대부분의 남자아이들은 축구나 농구 같은 걸 못해서 안달인데 휜이는 친구들이 놀자고 불러도 운동하러 가는 거면 나가지 않았다. 지웅이도 그런 아이였어서 우린 크게 개의치 않았다. 그냥 우리 아들들 성향이 그런가 보다 했을 뿐.

그런 휜이에게 어느 날 친한 동네 여자친구가 댄스 학원에 같이 가 보지 않겠느냐고, 너무 재밌다는 것이다. 한창 아이돌에 관심을 가지면서도 직접 댄스를 하는 것에는 아주 회의적이었던 휜이는 여러 번 거절을 했다. 운동을 좀 시키고 싶었던 내가 "휜아, 아이돌 음악 듣는 거 좋아하니 음악 들을 겸 한번 가 봐. 꼭 춤추지 않아도 재밌을 것 같아. 친구들이랑 같이 노래 듣는다고 생각하면 되잖아."라고 하니 훤이는 "음, 그 래볼까?" 했다. 그렇게 훤이는 댄스 학원에 발을 들였다.

나는 학원에 보내면서도 '한 달 정도 다니다 말겠지. 조금이 라도 몸을 움직이면 좋겠다.' 정도의 생각만 했던 것 같다. 처음엔 어땠냐고 물어보니 "어. 재미는 있어."라고 대답했다. 안하던 운동을 하니 근육통이 왔는지 몇 번은 가고 몇 번은 또 빠지고 하는 날이 얼마간 반복됐다. 그런데 노래 한 곡의 댄스가 완성되고 그렇게 완성되는 댄스의 수가 늘어가면서 훤이는 댄스 동작 하나하나를 배우는 데 푹 빠졌다. 그날 배운 것은 집에 와서 연습까지 하면서 외우고, 그걸 넘어서 댄스 영상을 보면서 안무를 '따고'(그렇게 표현하나 보다) 배우지 않은 새로운 걸 연습하기까지 하는 거다. 그때까지 땀 흘리며 운동한 적이 거의 없던 훤이는 머리카락이 흠뻑 젖을 만큼 정신없이, 아주 재미있어 하며 춤을 추었다. 나는 훤이가 재미있게 운동을 하는 것만도 정말 다행이라고 생각했다.

그러던 중 동네 공원에서 주민을 위한 작은 축제가 열리는데 훤이가 다니는 댄스 학원 아이들이 그곳에서 공연을 한다는 소식을 들었다. 공연을 위해 연습을 할 거라며 연락을 주신 선생님에게 '훤이가 공연을 한다고 할지는 모르겠어요. 하겠다고 하면 시켜주세요, 선생님.' 하고 답장을 보냈다. 앞에 나서기를 너무 싫어하는 아이니 강요할 순 없고 혹시라도 해 보겠다고 하면 정말 좋겠다, 선생님이 훤이를 설득해주시면 좋 겠다는 바람이었다.

"엄마, 우리 댄스 공연한대. 공원에 무대도 있다는데 나 해 도 돼?"

"당연하지! 너도 올라가서 할 수 있겠어? 너무 재밌겠다." 은근히 떠 봤는데 훤이는 아주 신이 나 있었다.

공연 당일, 남편과 나는 카메라를 들고 떨리는 마음으로 공 원에 갔다. 유치원 때도 하겠다고 했고 연습도 열심히 했지만 정작 당일에는 가만히 서 있었던 아이인지라 걱정도 됐다. 우 리는 자리를 잡고 앉아 각 팀이 나올 때마다 신나게 소리를 지 르고 응원했지만 손에서 땀이 날 정도로 속으로는 긴장하고 있었다.

드디어 훤이네 팀이 호명되고, 무대로 우다다 올라와 동선 을 잡는 아이들 사이로 훤이가 보였다. 포즈를 취하고 음악을 기다리다 음악이 나오자 시작되는 춤과 재빠르게 동선을 체 크하며 자리를 바꾸는 아이들. 나는 흉내조차 내지 못할 어려 운 동작을 소화하면서 일사불란하게 움직이는 아이들이 너무

나 기특했고 그 안에서 집중하고 열심히 춤을 추고 있는 휜이가 무척이나 자랑스러웠다. 신나게 웃고 있는데 눈물이 났다. 또 저렇게 컸구나, 다시는 무대에서 노래하는 휜이를 보지 못할 거라 생각했는데 저렇게 하고 있구나…. 감격스러웠다. 별것 아니고 별일 아니지만 아이가 할 수 없을 것 같았던 일이 이루어지는 것을 보는 부모의 감동은 이루 말할 수 없다.

그날 휜이는 솔로 무대까지도 잘 끝내고 친구들과 닭강정을 사먹겠다며 이 공연이 별것 아니었다는 듯 홀연히 축제 속으로 사라져버렸지만, 남편과 나는 몇 년 전 유치원 공연을 추억하며 이런저런 생각에 잠겼다.

휜이는 요즘 조금 더 전문적으로 춤을 배우고 있다. 집에서 팔을 돌리고 있는 휜이를 보고 있으면 내 팔이 아플 정도다. 하고 싶은 것, 좋아하는 일에는 부끄러움을 느끼는 것이 부끄러운가 보다. 지금은 누구 앞에서도 춤을 출 수 있단다.

휜이는 여전히 다른 면에서는 부끄러움이 많은 아이다. 그렇지만 이제는 걱정하지 않는다. 휜이는 계속 성장하고 있으니까.

# 4

# 파라다이스 목장

우리 가족

# 뭐지, 이 여자?

촬영 끝나고 두 시간을 운전해서 아파트 주차장에 도착했다.

무거운 몸을 이끌고 엘리베이터를 탔는데 온몸이 찌뿌둥하고 천근만근, 따뜻한 물에 몸을 담가야겠다는 생각이 간절하다. 현관 앞에 도착해서 번호 키를 누르기 전에 정신을 차려본다. 가족들이 기다리고 있다, 피곤한 모습은 보이지 않는 게 좋다, 가장이 지치면 안 된다, 나는 남편이다, 나는 아빠다, 자. 힘을 내자. 아자!!!

먼저 신발은 벗기 편하게 끈을 풀고 손가락에 힘을 주고 번호 키의 별을 누르고 숫자 두 개를 눌렀을 때 거실 저 안쪽에서 우두두두 요란한 소리가 들려온다. 흡사 정글에서 코뿔소 떼가 무리지어 뛰어가는 소리와 비슷하다. 덩달아 나는 가슴이 요동친다. 결혼하고 지웅이가 아내 배 속에 있을 때부터 봐온 모습이지만 아직도 적응이 안 된다. 나는 현관문을 열고 집으로 들어간다. 현관에서 제일 가까운 방을 쓰고 있는 지웅이가 맨 앞에 서 있고 아내랑 휜이는 뒤엉켜 싸우고 있다. 서로 먼저 나오려는 거다. 휜이를 뿌리친 아내는 달려오면서 지웅이를 향해 니킥을 날린다. 지웅이는 살짝 몸을 피해 앞자리를 양보한다.

아내, 지웅이, 엄마한테 떠밀려 누워 있는 휜이, 자기 방에서 빼꼼 얼굴을 내민 하은이 순서대로 귀가한 가장을 안아준다. 수고했어, 보고 싶었어, 사랑해, 아빠가 최고야. 여러 가지 인사말까지 어우러지면 정말 정신없이 시끄럽다. 거기서 흥이 오르면 다 같이 부둥켜안고 원을 그려 돌기도 하고, 기차놀이하듯이 꼬리를 붙잡고 움직이기도 한다.

아내는 신혼 때부터 이랬다. 지웅이를 가졌을 때도, 출산 후 수유를 하다가도 우는 애를 팽개치고 달려왔다. 지웅이는 태어나면서부터 엄마가 뛰니 뭔지도 모르는 채 같이 뛰기 시작했다. 하은이도 휜이도 아빠가 집에 오면 뛰는 거라고 생각했던 것 같다. 당연히 나도 이건 자연스러운 모습이라고 생각한다. 그러면서도 생각한다. 이게 뭐 하는 짓이지? 나 피곤한데,

쉬고 싶은데, 힘없는데, 하면서도 가슴이 꽉 차오르는 벅찬 감동이 있다. 그래, 여기가 집이지. 이 사람들이 나랑 사랑을 나누는 가족이지. 여기 오면 난 항상 최고의 대우를 받는다. 저 여자는 항상 나를 최고라고 말해준다. 아무리 힘들고 지친 날도 여기 오면 쉴 수 있고 위안을 얻는다는 확신이 내게 있다.

'20년 넘게 한결같이 이런 행복과 에너지를 만들어내는 저 사람은 뭘까?'라는 생각을 해 본다. 가끔 물어보기도 했다. "왜 나한테 잘해줘?" 그러면 항상 대답은 같다.

"당신은 잘생겼잖아~."

하아. 뭐지, 이 여자?

정신없고 산만한 아빠 마중놀이가 끝나면 아이들은 각자 방으로 미련 없이 들어간다. 아내는 밥도 안 먹고 촬영장에서부터 달려온 남편을 위해 밥상을 차린다. 반찬은 많지 않지만 식욕을 자극하는 소박한 밥상이다. 먼저 눈에 띄는 건 인심 좋은 포장마차 아주머니가 만들어줄 법한 크기의 계란말이다. 가난한 농부의 아들이었던 내가 큼직한 계란말이는 부의 상징이라고 말한 적이 있는데 그 후로 아내는 일 다녀온 남편을 위해 꼭 이 음식을 준비한다. 벌써 입에 침이 고인다. 근데 분명 촬영 끝나고 집으로 출발하면서 통화할 때 뜨끈한 된장찌개가 먹고 싶다 했는데 눈앞에 놓인 건 김치찌개다. 살짝 기분이 상한다. 뭐야!! 된장찌개는? 오면서 계속 된장찌개만 생각하고 거기에 온 신경을 맞췄는데~. 아내는 두부가 없어서 그냥 김치찌개를 끓였다고 한다. 내가 또 살짝 투정을 부리려 하니 아내가 날 가만히 쳐다보면서 한마디 한다. "그냥 처먹어~." 단호한 아내의 말에 내가 대답한다. "넵. 사랑합니다." 된장찌개가 없어도 너무 맛있고 훌륭한 밥상이다.

맛있게 밥을 먹고는 지금 씻을까 좀 이따 씻을까 고민하는데 아내가 들어가서 목욕하라고 한다. 이미 욕조에 물을 받아놨다며. 항상 생각이 나보다 한 박자 빠르다. 뭐지, 이 여자?

아침에 잠에서 깨고 나서도 비몽사몽 이불 속에서 뒤척인다. 오늘 촬영은 오후에 시작하니 서두르지 않아도 되지만 지금 일어나야 여유 있게 현장에 갈 수 있다. 그래도 일어나기 싫다. 거실에서는 아이들이 아침을 먹는지 시끌시끌하다. 뭐가 재미있는지 깔깔깔 웃고 떠들고, 나도 저기에 있고 싶다는 생각이 들지만 내가 가면 분위기 망칠 수 있으니 그냥 소리만 듣기로 한다. 그것만으로도 충분히 행복하다.

아이들이 등교를 했는지 거실에서 아내가 조용히 흥얼거리는 노랫소리가 자장가처럼 들린다. 방문을 여는 소리에 얼핏

잠에서 깨니 아내가 옆에 서서 웃는다. 그러고는 내 입에 뭔가를 쏙 집어넣어준다. 먹기 좋은 크기로 자른 시원한 딸기다. 아내는 내가 일을 나가는 날이면 모닝콜을 과일로 한다. 자고 나서 텁텁한 입에 들어온 시원한 과일 한쪽은 나를 정신 차리게 하고 행복하게 해준다. 와! 이 여자한테 충성을 다해야겠다! 다시금 다짐한다.

아내의 휴대폰에 저장된 내 이름은 결혼하고 10년 정도는 '우리다비드'였고 그 후엔 '완벽한내사랑', 요즘은 '여전히설레는 내사랑은표'이다. 그래, 내가 뭐 잘생겼을 수도 있어. 그래, 그렇게 보일 수도 있어. 그래도 다비드는 아니잖아? 완벽한 내 사랑? 그럴 수도 있지. 근데 그건 나를 길들이는 거 아닐까 의심이 된다. 난 자꾸 완벽한 게 뭘까 고민하고 있으니까. 자의는 절대 아니다. 난 강요당하고 있다. 이 여자 무섭다. 뭐지, 이 여자?

두 시간 넘게 차를 달려서 다시 촬영장에 도착했다. 오늘 촬영은 늦게 시작하지만 밤 장면이 많아서 새벽까지 찍어야 할 것 같다.

자, 이제 배역으로 들어가야 한다. 분장을 하고 옷을 갈아입으면서 극중 역할로 변신을 시도한다. 오랫동안 연기를 해서인지 연습이 충분히 돼서인지 다행히 역할에 금방 들어가고 충실할 수 있다.

저녁을 먹고 이어지는 밤 촬영도 순조롭다. 집에서 나온 지열 시간이 넘어가는데도 아내는 전화 한 통 없다. 아내는 늘 그랬던 것 같다. 내가 일하러 나와 있으면 절대 전화를 안 한다. 지금 어디인지 어떤 상황인지 모르는데 전화를 해서는 안 된다고 본인 스스로 만들어놓은 규칙을 꼭 지킨다. 문자라도 하라고 했더니 지금은 문자는 한다. 그러면 내가 시간이 날 때 확인하고 답장을 한다.

폰을 확인하니 문자가 여러 통 와 있다. 애들 학교 다녀왔다는 소식부터 밥 먹었냐, 보고 싶다, 졸려서 낮잠 잤다… 사소한 것까지도 문자로 남겨놓는다. 촬영장이라 통화가 힘들어나도 문자를 한다.

촬영장은 항상 기다림의 연속이다. 오늘도 장소가 바뀌고 조명을 옮겨야 해서 한 시간 이상 기다려야 한다. 배우들은 의자에 앉아 졸기도 하고 수다를 떨기도 하면서 시간을 보낸다. 그럴 때 아내랑 문자로 대화를 하면 통화와는 또 다른 재미가 있다. 문자를 보내면서 내가 너무 좋아했나 보다. 여자 후배가 조용히 다가와서 묻는다.

"선배님, 혹시 바람 피우세요?"

"무슨 말이야?"

"이 새벽에 문자 보내면서 그렇게 행복해하는 게 정상은 아닌 것 같아서요~."

나는 웃으면서 휴대폰을 보여준다. 내 얼굴과 폰을 번갈아 보던 후배가 말한다.

"부부가 이게 가능한가요?"

다행히 12시쯤 촬영이 끝났다. 너무 늦게 끝나면 운전하기 힘들어 자고 갈까 생각했고, 밤늦게 운전하는 게 걱정된 아내도 제발 자고 오라고 했지만 괜찮을 것 같다.

차를 달려 집에 도착한 후 아내가 깰까 봐 조심조심 들어가는데 아내가 달려나오며 나를 꽉 안아준다. 눈물을 그렁그렁 흘리면서 수고했다고, 보고 싶었다고 말한다. 피곤한 몸으로 운전해서 먼길 달려온 보람이 있다. 너무 행복하다. 그런데 이 여자 뭐지? 왜 나한테 잘하는 걸까?

# 초종당하고 있다

우리 부부는 평생 싸움 같은 건 안 할 거라고 생각하시는
분들이 있는데, 아니다. 우리도 가끔 언쟁을 벌이고 아주 가
끔은 큰소리를 내기도 한다. 아이들 있는 데서 싸우면 안 좋
다고 하는 전문가들도 있는데 우리 부부는 아이들이 싸우는
법도 자연스럽게 배워야 한다고 생각해 굳이 자리를 옮기지
는 않는다. 우리가 다투면 지웅이나 하은이는 어김없이 "난
엄마 집." 하면서 슬쩍 자기 방으로 들어간다. 혹시라도 이혼
하면 엄마랑 살겠다는 말이다. 그럴 때 눈치 없는 훤이는 아빠
가 불쌍하다며 "난 아빠 집, 아빠랑 살 거야." 그런다. 나는 화
들짝 놀라 "아냐. 훤아, 그러지 마. 너도 엄마 집으로 가. 아빠
도 엄마 집으로 갈 거야~."라고 한다. 놀랍게도 우리 부부는

이혼을 해도 같이 살게 될 것 같다.

지웅이랑 셋이 있을 때 아내랑 언쟁을 벌이면 지웅이는 어김없이 엄마 편을 든다. 그러면서 막내는 철이 없다는 둥 우리 집 막내들은 혼나야 한다는 둥 말해 나를 열받게 한다. 내가 막내라 살짝 철이 없는 건 인정하는데 휜이랑 동급으로 취급받는 건 자존심이 허락하지 않는다. 아내는 삼 남매의 장녀고 나는 오 남매의 막내다. 우린 띠 동갑이지만 장녀와 막내의 특성 때문인지 정신연령은 차이가 없는 듯싶다. 오히려 가끔은 아내가 누나처럼 느껴질 때도 있다.

결혼하고 얼마 지나지 않아서는 내가 아내보다 많이 어른인 줄 착각했던 것 같다. 뭔가 실수를 하면 지적도 하고 나름 똥폼을 잡았을 것이 분명하다. 물론 나는 기억이 나지 않지만 아내는 그때 얘기만 나오면 나를 한심하게 쳐다본다. 뭐지, 저 눈빛은? 묘하게 기분이 나쁘다.

신혼 초, 아내는 나를 아주 많이 좋아하면서도 어려워하던 시기라 웬만한 일에는 참는 편이었다. 그러던 어느 날 도저히 안 되겠다 싶었는지 엉엉 울면서 왜 자꾸 자기를 가르치려 하느냐며 따지는 거다. 나는 몹시 무안하고 창피했다. 그리고 곧바로 반성했다. 내가 그래도 심성이 착한 편이라 잘못된 건 빨리 인정하기도 한다.

그날 이후 우리 부부는 수평적인 관계를 유지하려 노력해왔다. 사실 나만 잘하면 되니까 내 노력으로 제법 잘 맞춰 살아왔다고 생각했는데 요즘은 내가 심한 착각을 하고 있었던 건 아닐까 하는 의심이 든다. 우리 부부는 절대로 수평적이지 않다.

아이들 육아나 교육을 아내와 많이 의논해왔고 오히려 어떤 부분은 내가 더 적극적으로 관여해왔는데, 분명히 내 의지였다고 생각하는데 그게 또 아닌 것 같다는 생각이 나를 혼란스럽게 한다. 아내가 나를 조금씩 아주 조금씩 조련해왔다는 생각을 지울 수가 없다. 아내는 당연히 아니라고 한다.

아마도 지웅이 아기 때부터 시작된 것 같다. 어느 날 지웅이를 안아주고 있는데 아내가 나를 지그시 보면서 "와아! 당신 대단하다." 그러는 거다. 난 무슨 말인지 몰라 "뭐가?" 하고 되물었고 아내는 정말 감동했다는 표정으로 "웅이가 내가 안아줄 때와 다르게 아빠가 안아주니까 훨씬 안정감 있어 보이고 편안해 보이잖아." 한다. 칭찬은 고래도 춤추게 한다고 나는 그날부터 춤을 추기 시작했다. 어딜 가든 지웅이를 안고 다녔고, 그럼 아내는 "역시 당신은 대단한 사람이야. 육아를 어떻게 이렇게 잘할 수 있을까?"하며 폭풍칭찬을 했다.

　아이들이 커가면서 동화책이라도 읽어주고 있으면 "와! 당신이 배우라서 그런가? 아니 역시 남자의 목소리는 매력이 있어. 벌써 애들이 집중하는 게 다르잖아."한다. 그러면 나는 또 춤을 추게 된다. 애들 책은 내가 읽어주는 게 당연한 일이 되는 것이다. 한번은 애들 재우면서 책을 읽어주고 나왔더니 아내가 칭찬할 때마다 지었던 그 느끼한 표정으로 날 보면서 말했다. "와! 당신이 애들 책 읽어주는데 소리가 너무 달콤하다. 애들 그냥 잠들었지? 나도 듣다가 잠들 뻔했어."

　지금 생각해 보면 지웅이, 하은이 학원 다닐 때 데려다주고 데려오고 하는 일을 결국 내가 다 하게 된 것도 아내의 계략이었던 것 같다. 가족들이 함께 차를 타고 갈 때면 아내는 운전하는 나를 느끼한 눈빛으로 쳐다보면서 말한다. "운전은 역시 당신이 잘해. 승차감이 다르네. 하은아, 안 그래?" 그럼 눈치 빠른 하은이는 "응. 엄마가 운전하면 가끔 멀미하는데 아빠 차는 그런 게 없다~." 하고 맞장구친다. 그런 칭찬을 몇 번 듣고 나면 나는 애들 라이딩은 당연히 내 몫이라고 생각하고 또 열심히 달리는 거다.

　얼마 전 방송작가랑 인터뷰를 하는데 아내가 내 칭찬을 엄청 하는 거다. 내가 무안해하면서 사실 아이들 육아나 교육은 엄마가 주도적으로 했다고 하니, 아내가 아니라고, 남편이 거의 다 했고 자기는 정말 한 것이 별로 없다고 말하는 것이다. 아니 아무리 아빠가 열심히 한다고 해도 엄마가 해야 하는 게 분명 있지 않겠는가. 아빠가 그걸 엄마만큼 할 수 있을까.

아내는 모든 공을 나한테 돌리는 걸 주저하지 않는다. 둘이 있을 때도 내가 한 게 뭐 있냐고, 직업적 특성상 한가한 날이 많아 육아를 많이 하는 것처럼 보이는 것뿐이라고 하면 아니라고, 시간적으로 여유 있는 직업을 가졌다 해도 당신만큼 하는 사람은 많지 않다면서 마치 나를 대단한 사람인 양 추켜세운다. 이런 칭찬을 듣는데 어떻게 기분이 안 좋겠는가? 그러면 나는 또 춤을 추기 시작한다. 뭐든 더 할 것이 있는지 찾아보게 되고 아내가 뭐라도 하려고 하면 내가 하겠다고 나서게 되는 것이다.


우리 집은 절대 수평적인 관계가 아니다.
나는 분명히 조종당하고 있다.

# 우리 좀 미친 것 같다

가끔은 이게 진심일까 생각해 본다.

단언컨대 제정신은 아니다. 새벽에 일어나 아내가 깰까 봐 불을 안 켜고 화장실에 가다가 바닥에 널려 있는 물건을 잘못 밟아 넘어졌다. 소란스러운 소리에 잘 자고 있던 아내가 깨더니 깔깔깔 웃는다. "왜 웃어?" 물으니 잠에서 덜 깬 아내가 "당신 너무 귀여워."라고 말한다. 미친 거 아닌가? 시끄러워서 깼으면 화를 내든지 걱정을 하든지 하는 게 정상 아닌가? 근데 귀엽단다. 어이없지만 나도 덩달아 웃는다. 아내는 "사랑해." 하고는 다시 잠을 잔다. 자고 있는 뒤통수에 대고 "나도 사랑해."라고 말한다.

이런 일들이 워낙 자주 일어나니 지극히 정상적이라 생각하면서 살아왔는데 요즘 나름 분석을 하고 있다. 이런 상황이 잘못되었다 생각하는 것도 아니고 분석해서 바꾸겠다는 것도 아니다. '행복하게 잘사는 이유는 하나인데 불화가 많은 집은 이유가 수만 가지'라는 말을 들은 적이 있다. 우리 부부가 잘사는 이유도 단순할 거라 생각하기에 딱 꼬집어 '우린 이래서 잘 살아요'를 정리해 보고 싶은 것이다.

오늘 새벽에도 잘 자고 있는데 아내가 나를 툭 건드린다. 놀라서 쳐다보니 눈을 마주친 아내가 말한다.

"사랑해."

(자다가 봉창 뜯는다는 말이 있다. 지금 상황에 맞는 표현일 것이다. 그럼에도 나는 대답한다.)

"내가 더~."

"아닌데, 내가 더 사랑하는데."

"아냐, 지금은 내가 더 많이 사랑해."

"고짓말 고짓말. 내가 훨씬 더 많이 사랑해. 당신은 몰라 이 멍청이~."

"흐흐흐 알겠어. 언녕 더 자~."


아니, 새벽 세 시쯤의 이 뜬금없는 사랑 고백을 어떻게 해석

할 수 있을 것인가?

우리 부부는 늘 그랬던 것 같다. 상대방이 어떤 행동이나 말을 하든지 이유를 찾으려 하지 않는다. 그냥 인정한다. 그게 새벽이든 밤이든. 함께 차를 타고 가다가 둘 중 누군가 갑자기 "사랑해." 하면 다른 누군가는 자연스럽게 "나도." "와, 구름이 너무 이쁘다." 그러면 "와, 진짜 이쁘다. 근데 당신이 더 이뻐~." 누군가 뭘 먹고 싶다고 갑자기 말해도 "난 배가 안 고파. 왜 그걸 먹어?" 따위의 반문은 하지 않는다. 그냥 같이 먹는다. 그래서 살이 찐다.

대화를 할 때도 그렇다. 누군가 유치한 말을 해도(대부분 나다) 반문하거나 무안을 주지 않는다. 자연스럽게 받아주고 꼬리에 꼬리를 물고 대화를 이어간다.

인정하고 싶지는 않지만 나도 나이가 있다 보니 가끔 아주 가끔 아재개그를 시전할 때가 있다. 그러면 훤이는 아주 질색을 한다. 아내도 듣기 좋은 소리는 아닐 텐데 질색하는 훤이를 야단친다. "야, 엄마는 재밌기만 하구만 그걸 이해를 못하니~." 이런 상황을 자주 접하지만 인정하기 싫은 훤이는 "엄마, 이게 재밌다고? 진짜야?"라고 한다. 이렇게 엄마랑 훤이랑 티격태격하고 있으면 지나가던 하은이가 한마디 거든다. "야,

194

휜아. 그냥 뒤. 보기 좋구만 왜 그래?" 물론 지웅이, 하은이도 어려서는 이런 엄마 아빠의 만행(지웅이 하은이의 표현이다)을 이해하지 못하고 휜이랑 비슷한 반응을 보인 적이 있지만 엄마 아빠의 한결같음에 지금은 포기한 듯싶다.

지웅이, 하은이가 성인이 된 후에는 엄마 아빠의 닭살스러운 행동(실제로 우리 부부는 아이들 앞에서 애정 표현을 스스럼없이 한다)을 보면 어렸을 때랑 다르게 반응한다. 한심하다는 듯 한숨을 쉬거나 반대로 "예예! 보기 좋~~습니다." "아이고, 깜짝이야!! 금슬이 좋으시네요." 뭐 이런 식으로.

아이들도 알 것이다. 엄마 아빠가 서로에게 유치한 말을 하거나 장난을 칠 때도 항상 서로를 존중하고 존경한다는 걸. 그렇지만 모르는 누군가가 보면 분명 그럴 것이다. 저것들 미쳤다고.

# 처남의 전화

아침에 일어나 거실로 나오니 소파에 앉아 책을 읽고 있는 아내가 보인다. 우리는 고개를 숙여 서로 인사한다. 아내는 소파에 앉아 있고 나는 맞은편에 쿠션을 깔고 앉아 아내의 발을 잡아당긴다. 아침저녁 수시로 해주는 발마사지이니 아내도 자연스럽게 발을 맡긴다.

"오호! 너무 자연스럽게 발을 주네? 이건 아니지 않나?"

"엉엉, 너무 좋아. 너무 시원해. 우리 남편 최고! 사랑해, 고마워."

"그래, 이 정도 반응은 있어야지. 좋아! 열심히 주물러 볼게. 휜이는?"

"학교 갔지."

"난 오전에 헬스 가서 피티 받고 나면 오후에는 일이 없네. 당신은 뭐 할 거야?"

"나는 오전에 테니스 치러 클럽 가고 오후에는 별일 없어."

"점심은?"

"테니스 치는 동생들이랑 먹으려고."

"그럼 오후에 만나서 데이트할까?"

"오! 좋아좋아. 오오, 신나! 아 참, 오늘 성동이 생일이야."

"오, 그래? 알았어."

아내의 동생, 그러니까 처남이 오늘 생일이라고 한다. 시골에서 자란 나는 어렸을 때부터 생일을 제대로 챙기며 살지 않아서인지 선물하고 이러는 게 아직도 좀 어색하다. 결혼하고 난 뒤 아내나 처갓집 식구들이 내 생일을 잘 챙겨줘서 이제는 나도 조금씩 가족들 생일을 챙기고 선물도 하려고 노력 중이다. 선물을 고르는 것도 쉽지 않아 여기저기 검색도 하고 고민하다 아내한테 선물 뭐 했는지 물어보니 송금했다고 한다. 나보고도 그냥 송금하라고 한다. 그래. 돈이 제일 좋지, 하면서 톡으로 약간의 돈을 송금하고 축하한다는 문자를 남겼다. 참 편한 세상이라는 생각을 하면서.

오후에 운동 다녀온 아내를 집 근처 카페에서 만나 재미있게 놀고 있는데 처남한테 문자가 왔다.

'감사합니다. 건강히 잘 계시죠? ○○이 키우면 키울수록 매형과 누나가 대단하고 부럽게 느껴지네요. ㅋㅋ 다음에 노하우 전수 부탁드려요. 감사합니다.'

우리는 자연스럽게 처남의 문자 내용으로 많은 대화를 했다. 사실 우리가 볼 때는 처남이 우리보다 아이를 잘 키우고 있는 것 같은데 처남은 우리를 부러워한다. 처남뿐 아니라 주변에서 종종 육아나 교육에 관해 질문하곤 한다. 사실 나보다는 아내한테 이것저것을 궁금해하는 분들이 많다. 심지어 우리를 교육 전문가처럼 생각하고 질문하는 분들도 있다.

한번은 아내랑 쇼핑몰 안에서 손을 잡고 걸어가는데 젊은 여성분이 정중하게 인사를 하며 물어볼 것이 있다고 했다. 아마도 그 자리에 서서 30분 넘게 얘기를 나눴던 것 같다. 그분은 사춘기 아이랑 트러블이 있는데 어떻게 해야 할지, 둘째는 부끄러움이 많은 성격인데 방법이 없는지 등을 물어보셨다. 사실 우리도 정답을 가지고 있지 않기에 우리는 어떻게 했다, 정도만 말씀드렸는데도 너무 좋아하시던 기억이 난다. 어떤 분은 아이가 책을 너무 안 읽으려고 한다고 해 몇 살이냐고 물으니 다섯 살이란다. 아하! 너무 급하게 생각하실 필요 없다, 여유를 가지셔도 될 것 같다, 라고 당부했던 기억도 있다.

　아이 키우는 일에는 어느 부모나 각자의 정답을 가지고 있다고 생각한다. 혹시라도 다른 집 아이가 더 좋아 보이거나 잘나 보인다면 그 집 아이가 우리 아이보다 큰 아이인 경우가 많을 거다. 그들도 아이가 우리 아이만 할 때는 저렇게 능숙하지 않았을 거고, 지금의 나보다 어설펐을 거라 생각하면 된다. 쉽게 말해 내가 아이 키우면서 힘들면 어쩌면 저 사람은 더 힘들었을 거고, 우리 아이보다 두 살 많은 저 집 아이가 더 똑똑해 보이면 2년 후 내 아이는 저 아이보다 훨씬 똑똑할 거라고 생각하면 된다. 동갑인데 우리 아이보다 잘 걷거나 말을 잘하는 것도 부러워할 것 없다. 시간이 지나면 다 할 수 있기 때문이다.

　지웅이가 아기였을 때 다른 집 아이는 빨대를 잘 사용하는데 지웅이는 빨대를 못 빠는 거다. 그 집 아이가 얼마나 부럽던지, 반대로 지웅이는 얼마나 못나 보이던지. 그런데 시간이 지나니 이 문제는 너무 쉽게 해결이 되었다.

　지웅이도 그렇고 지환이도 부끄러움이 많은 성격이라 어렸을 때 사람들 앞에 나서지 않아 걱정했는데 커가면서 지웅이는 랩으로, 지환이는 댄스로 사람들 앞에 서는 걸 즐기고 있다. 이제 와 생각하니 걱정할 이유가 전혀 없었던 것이다.

　반대로 우리 아이가 뭘 잘한다고 우쭐할 필요도 없다. 지웅이는 한글을 네 살 전에 뗐는데 하은이는 초등학교 입학하기 직전까지 떼지를 못하는 거다. 우리는 큰일 나는 줄 알았는데 얼마 지나지 않아 하은이도 한글을 잘하게 됐다. 시간이 지나면 누구나 하는 걸 조금 일찍 했다고 대단하게 생각할 필요도, 조금 늦는다고 조바심 가질 필요도 없는 것 같다.

　우리의 대화는 처남이 좀 더 확신을 가졌으면 좋겠다는 의견으로 끝이 났다.

　"처남, 지금 충분히 잘하고 있어. 사실 누나나 나나 뭘 열심히 하는 성격이 아닌 거 잘 알잖아? 우리는 스스로 열심히 안하는 게 우리의 장점이라 생각해. 아이들도 부부 간에도 물 흐르듯 자연스럽게 사는 게 우리만의 방법이 아닌가 싶어. 너희는 이미 정답을 가지고 있으니까 확신을 가져라. 걱정하지 말고 ○○이 잘 키워. 너희는 이미 최고의 엄마 아빠다~."

## 사자의 싸움

토요일 오전, 촬영이 있는 날이어서 일어나자마자 샤워를 마치고 나갈 준비를 한 뒤 거실로 나왔는데 공기의 흐름이 심상치 않다. 원래 이 공간은 행복함과 따뜻함과 사랑이 어우러진 곳이어야 하는데 차가운 온도가 느껴지는 이유가 뭘까? 나는 최대한 객관적인 시선으로 상황을 파악하려 노력한다. 성급한 판단을 하면 누군가에게는 상처가 될 것이고 자칫 잘못하면 오히려 역풍을 맞아 내가 휘말릴 수도 있다. 그런 일은 막아야 한다.

일단 이 집안의 최대 권위를 가진 엄마사자의 목소리에는 짜증이 섞여 있다. 새끼사자는 이미 눈물을 흘렸고 콧물도 약간 분출된 걸 확인할 수 있다. 나는 겁 많은 사냥꾼처럼, 혹은 안전장치가 풀린 차를 타고 불안한 마음으로 정글을 지켜보는 관광객처럼 조심스럽게 숨을 죽이고 지켜본다.

엄마사자가 말한다.

"내가 무슨 말을 하면 너는 그걸 짜증낸다고 하더라. 엄마가 분명히 수학을 하라고 했는데 그 말은 듣지도 않고 오히려 더 짜증을 낸다."

아들사자는 울면서 말한다.

"엄마가 먼저 짜증을 냈잖아."

"내가 언제 짜증을 냈니? 그러니까 너는 엄마 말을 다 짜증으로 받아들이잖아."

"아니, 그게 아니고 진짜 그랬잖아."

"넌 수학 하라고 한 지 40분이 지났는데 책은 펼치지도 않고 엄마한테 대들기만 하잖아. 그러니까 이제부터 엄마는 할 말 있을 때 쪽지에 메모를 할게. 그럼 전달은 되지만 짜증은 안 날 거 아냐?"

(이런 전개는 어른들이 논리로 설명이 안 될 때 보여주는 유치함의 극치다. 참 많이 어이없지만 나름 효과도 있다. 솔직히 지금 암사자가 보이는 모습을 보니 속으로 살짝 비웃음이 나오지만 누구도 눈치채게 해선 안 된다. 나는 객관적이어야만 하니까.)

"나는 싫다고오."

"왜?"

"종이도 낭비되고 그냥 싫다고오오!"

(오호, 종이가 낭비된다. 반박이 제법 신박한데?)

자, 이제 상황 파악은 끝났다.

엄마사자는 아들사자가 수학 숙제를 하기 원하고 아들사자는 놀고 싶은데, 말이 전달되는 과정에서 서로가 서로의 말투를 짜증으로 받아들인 거다.

내 생각에 둘 다 평상시와 똑같이 말했지만 마음속 한구석에 짜증이라는 놈이 몸을 웅크리고 있었던 게 분명하다. 그렇다면 수학이 가장 큰 원인은 아니라는 이야기다.

이제 이 둘을 진정시키고 평화로운 거실을 만들어야 하는데 어떻게 하지? 고민하고 있는데 엄마사자가 부엌으로 간다. 새끼 사자도 숨을 고르는 듯싶다. 지금이 기회다.

"저기~, 내가 얘기 좀 해도 되나?"

나를 쳐다보는 두 사람의 눈빛에 간절함이 묻어 있다. 아마도 이 다툼을 끝내고 싶은 마음은 있는데 양보하기는 싫고, 그렇다고 마땅한 방법도 생각나지 않는 게 분명하다.

"일단 둘 다 여기 앉아 봐! 내가 아까부터 지켜봤는데 맞는

지 모르겠지만 엄마는 휜이가 수학을 했으면 좋겠고 휜이는 엄마 말이 짜증내는 거 같아서 싫다는 거지?

내 질문이 끝나자마자 둘이 동시에 말을 쏟아낸다. 이러면 안 된다. 처음부터 다시 시작하는 것이 되고 문제가 오히려 더 커질 수 있다.

"잠깐잠깐 조용조용!!!!! 자 자, 둘 다 10분만 아무 말도 하지 말자. 내 말 좀 들어줘. 10분만!!! 당신은 좀 쉬고 휜이도 방에 들어가서 10분만 쉬다 나와서 수학 숙제하자. 그냥 그렇게 해줘~. 하고 싶은 말은 각자 정리해뒀다가 이따 저녁때 하기로 하자. 당신 인정? 휜이 인정?"

"좋아!"

엄마사자는 피곤하다며 한숨 자겠다고 방으로 들어간다.

새끼사자는 쉬지도 않고 수학 책을 찾는다.

이내 거실은 고요해졌고 적막이 흐른다. 새끼사자의 연필 움직이는 소리만 간간히 들려온다. 사각사각 슥슥.

이 정도 상황 정리만 해도 훌륭하다. 역시 나는 지혜롭다. 난 솔로몬이야~~!!!!

해가 지고 어둠이 찾아왔다. 이제 솔로몬은 둘 사이를 정리해줘야 한다.

"둘 다 나와 봐."

"왜?"

"왜요 아빠?"

"응? 저녁때 정리하기로 했잖아?"

"뭘?"

"뭘?"

"아니, 낮에 둘이 싸우지 않았나?"

"누가? 우리가?"

"아빠 무슨 소리 하는 거야?"

"아니, 낮에 둘이 짜증난다고…."

"당신 왜 그래? 우리가 언제 짜증을 내?"

"아빠!! 엄마랑 난 살면서 짜증을 낸 적이 없어."

"그럼. 훤이랑 내가 얼마나 사이가 좋은데! 우리 사이 이간 질하지 마."

뭐지? 저 둘은 분명히 큰소리치며 싸웠었는데 내가 없었음 큰 싸움이 될 뻔했는데…. 내가 꿈을 꾼 건가? 난 솔로몬인데! 난 분명 지혜로운데~!

# 아내의 발

아내는 테니스를 열심히 친다. 여자 테니스 동호인 중 시작한 지 얼마 안 된 사람들을 테린이, 그리고 조금 실력이 좋아지면 개나리라고 부른다. 왜 그렇게 부르는지는 모르지만 내가 은표라는 이름을 가졌듯이 그냥 개나리다.

개나리가 동호인 시합에서 우승을 하면 승급을 한다. 그냥 대회가 아니라 전국대회에서 우승해야 한다. 기본 180~200팀 정도가 출전하는 대회이고 많게는 300개가 넘을 때도 있다. 한 팀당 두 명씩 복식으로 경기를 하니까 많은 경우 600명이 넘는 사람 중 두 명만이 개나리를 벗어나게 된다. 우승하는 것이 쉽지는 않지만 전국대회가 일주일에 한 번씩은 열리고 많을 때는 세 군데서 열리니 기회는 계속 있다고 할 수 있다.

쉽게 설명하긴 힘들지만 주최하는 단체가 세 곳 이상이라 이런 통계가 가능하다 생각하면 될 것이다.

개나리 대회에서 우승하면 국화가 된다. 국화 역시 왜 국화인지는 모른다. 여자 테니스 동호인은 거의 다 국화가 되려는 목표를 가지고 있다. 국화가 되었다는 건 실력을 검증받았다는 뜻이라고나 할까. 어디 가서 소개할 때도 "이분이 국화입니다." 하면 달리 실력에 대해 설명하지 않아도 인정을 받는다.

경우에 따라 다르기는 하지만 10년을 해도 국화가 되는 건 쉽지 않다. 요즘 테니스 인구가 늘면서 개나리는 계속 생겨나고 대회에 참가하려는 사람도 워낙 많아 신청하는 것 자체도 어렵다. 대회 출전 신청을 온라인으로 하는데 사이트가 오픈하고 5초 안에 마감된다. 신청이 마감된 뒤 혹시 취소하는 팀이 생기면 들어가려고 대기하는 팀만 몇백 개니 출전 신청에 성공하는 것만도 실력으로 평가받을 정도다.

대회가 열리는 장소도 우리 집에서 두 시간 이상 걸리는 건 기본이다. 그러다 보니 대회가 있는 날이면 아내는 새벽에 집에서 나가 밤이 돼서야 지쳐 들어오곤 한다. 작년에 4강까지 진출했으니 올해는 국화가 될 수 있지 않을까 조심스럽게 기대해 본다. 나도 테니스를 치니까 그런 상황을 충분히 이해하고 응원하는 중이다.

시합에 본격적으로 참가하면서 아내는 항상 발이 부어서 아프다고 한다. 언제부터인지 모르지만 나는 수시로 아내의 발을 주물러주고 있다. 마사지숍에서 하는 것처럼 전문적이지는 않지만 아내가 소파에서 텔레비전을 보거나 책을 읽고 있을 때 바로 앞에 쿠션을 깔고 앉아 아내 발을 살살 주물러준다. 그렇게 마주 앉아 오늘 플레이가 어땠는지, 누구는 매너가 어땠는지, 파트너는 맘에 들었는지 등에 관해 전해 듣는 재미도 제법 좋다. 아내는 너무 시원하다, 고맙다, 사랑한다고 말해준다. 그럴 때마다 나는 "응. 나도 사랑하는데 이따 입금 좀 부탁해."라고 한다. 그러면 아내는 장난처럼 내 주머니에 용돈을 넣어주기도 한다. 뭐지? 나 알바하는 건가? 나 왜 이렇게 저자세로 살고 있을까?

휜이는 내가 아내 발을 주무르고 있으면 발 만지는 게 더럽지 않냐고 묻는다. 그때마다 나는 "아닌데 너무 깨끗한데~. 각질도 꽃가루 같은데~."라고 대답하고, 휜이는 토악질하는 흉내를 내며 도망친다. 왜 더럽다고 하는지 이해가 안 된다.

가끔 아내한테 그런 말은 한다. "자기야, 내 손이 이상해." "뭐가?" "응, 손에서 발 냄새가 난다. 왜 그러지?"

물론 아내가 나한테 해주는 게 더 많기 때문에 이걸로 생색을 낼 수는 없다. 생색은 안 내겠지만 제발 부탁인데 아내가 올해는 꼭 개나리를 벗어났으면 좋겠다.

# 가족을 남처럼

10년 전쯤 내가 탁구에 빠져 있을 때 아내도 내 권유에 탁구를 시작했는데 어느 날 자기는 탁구가 재미없다며 그만하고 싶다고 했다. 취미 생활에 진심이었던 나는 무슨 종목이든 부부가 같이 즐기는 운동은 하나쯤 있어야 한다는 생각이었다. 마침 집 근처에 탁구장이 있었고 접근성도 뛰어나서 괜찮다고 생각하고 있었는데 아내가 싫다고 한다. "그럼 운동을 안 하고 싶은 거야?" 물어보니 그건 아니고 탁구가 자기랑 안 맞는 거 같단다. "그래, 그럴 수 있지." 나는 과하다 싶을 정도로 아내 말을 잘 듣는다. 아내가 싫다는데 어쩌겠는가? 나에게는 10년 열심히 해온 탁구보다 아내가 더 소중하다. "알겠어. 그럼 탁구는 그만두자. 싫은 걸 뭐 하러 해. 대신 하고 싶은 운동 있는지 고민해 봐".

며칠 후 아내가 방송에서 테니스 경기를 봤는데 선수들이 멋있다고 자기도 멋진 폼으로 테니스를 치고 싶단다. 그날부로 나는 탁구를 그만두었다. 아내는 항상 나를 배려하는 사람이다. 그런데 가끔가다가 정말 가끔가다가 자기가 하고 싶은 걸 말하거나 혹은 자기 생각을 주장할 때가 있다. 그럴 때 나는 정말 숨도 안 쉬고 아내의 의견을 따라준다. 그러면 아내는 제발 생각 좀 하고 말하라고 한다. 무서워서 무슨 말을 못하겠다고~. 하지만 어쩌랴? 평소 아내가 훨씬 많이 양보해 주고 자기가 원하는 건 정말 가끔 말하니 이 정도 성의는 보이는 게 도리인 걸….

그렇게 시작한 테니스. 나는 처음부터 클럽에 가입해서 게임을 하기 시작했고 아내는 3년 정도를 레슨만 받으면서 기초를 다졌다. 그 후 아내도 게임을 하기 시작했는데 처음엔 당연히 먼저 게임을 시작한 내가 더 잘 치는 것처럼 보였지만 시간이 갈수록 기초가 튼튼한 아내가 훨씬 멋진 테니스를 하고 있다.

테니스의 장점은 단식보다는 복식을 많이 한다는 거다. 둘이서 서로 협조해서 게임을 풀다 보면 파트너십이 생기는 등

긍정적인 부분도 많고 게임에 져도 댈 만한 핑계가 많다. 오늘은 파트너가 실수가 많았어, 나는 잘했는데 상대가 운이 좋았어, 파트너가 나랑 스타일이 달라…. 주로 파트너 핑계를 많이 대게 되는데 이걸 부정적으로 볼 필요는 없다. 내 정신 건강에는 제법 도움이 되니까.

문제는 부부가 파트너가 되어 게임을 할 때이다.

다른 사람과 게임을 할 때는 파트너가 실수를 하면 속으로야 욕을 하더라도 겉으로는 너무나 관대한 모습을 보이며 "괜찮아 괜찮아. 잘했어! 오케이, 좋아! 아냐, 내가 잘할게." 하는데 내 가족이 옆에서 실수를 하면 감정을 숨기지 못하고 "이렇게 했어야지, 저렇게 했어야지." 지적하게 되는 것이다. 이런 말을 들으면 누가 기분이 좋겠는가? 특히 내 모든 걸 이해해주길 바라는 남편이나 아내에게서 지적을 받으면 화가 나고 싸움으로 번지기 쉽다는 건 뻔한 사실이다.

실제로 테니스 치다 부부싸움을 시작해 결국 이혼까지 한 부부를 본 적도 있다. 물론 테니스 말고 다른 원인도 있었겠지만 운동 중 생긴 다툼이 결정적인 역할을 했을 것이라 추측할 수 있다.

우리 부부도 몇 년 전에 테니스를 치다 싸울 뻔한 적이 있다. 파트너가 되어 게임을 하다 아내가 실수를 해서 내가 지적을 했는데 나를 기분 나쁜 표정으로 쳐다보면서 "너나 잘해!" 그러는 거다. 내가 너무 당황해서 "야, 내가 너보다 나이가 많아. 반말은 좀 그래!" 했더니 "좋겠다. 나이 많아서~." 이런다.

그날 우리도 크게 싸울 뻔했지만 곰곰이 생각하니 내 잘못이 크다는 생각이 들었다. 남한테는 관대하면서 내 사랑하는 가족에게는 그러지 못한 게 너무 미안하고 후회스러웠다.

그날 이후 아내랑 파트너로 게임을 하면 숨소리 말고는 아무 소리도 내지 말자 다짐했고, 아내가 좋은 플레이를 했을 때 칭찬하는 것 말고는 거의 말을 하지 않았다. 아! 가끔 슬쩍 옆으로 가서 아무도 못 듣게 "오오, 당신 오늘 섹시한데!" 이 정도 말은 하기도 한다.

그런 다짐이 있은 후 우리 부부는 가능하면 같이 파트너로 게임을 하려고 노력 중이다. 승패에 상관없이 둘이 하는 게임이 너무 재미있다. 남이라 생각하니 오히려 객관적으로 서로를 볼 수 있고 사이는 더 좋아지기에.

가족이 너무 편하다 보니 간혹 실수하는 일들이 생기는 것 같다. 우리 아이가 뭘 많이 먹으면 살찐다고 야단을 치면서 남의 아이가 많이 먹으면 "괜찮아. 키로 갈 거야." 이렇게 말한 적은 없는지, 내 아내나 아이들한테 부정적인 말로 상처를 주지는 않았는지 돌아본다. 아마도 똑같은 상황이 다른 사람에게 벌어지면 대부분은 부정적으로 말하지 않을 것이기에.

내 가족을 때로는 남처럼 생각해 보자 다짐한다.

김하얀은 이제 남이다.

# 결국 또 겪어 보고야

놀이동산에 놀러갔다. 나도 어릴 때 놀이동산에 가는 걸 너무 좋아했기에 아이들이 좋아하는 마음을 잘 알고 있다. 가기 전날부터 설레고 들떠서 잠이 안 올 정도였으니까. 아이들과 들어가서 신나게 여기저기 둘러본 뒤 제일 무섭다는 롤러코스터를 타기로 했다. "엄마, 안 무서워?" "하나도 안 무서워. 엄마도 어릴 때 이런 것만 골라 탔다니까?"

호기롭게 같이 롤러코스터를 탔는데 너무 오랜만이어서일까. 뇌가 흔들리는 것 같고 속도 메슥거리고 난리도 아니다. 애들은 웃으면서 신난다고 소리 지르는데 그 짧은 순간 나는 '이러다 죽겠다' 하는 생각이 들었다. "재밌었지 엄마?" "으응." 하는데 문득 어린 시절 놀이동산에 같이 갔던 엄마 생각이 났다. "엄만 왜 이런 거 못 타?" "엄마도 젊은 땐 이런 것만 탔어. 근데 이젠 못 타겠네." 그때 나는 엄마가 거짓말을 하는 줄 알았다. 원래도 타지 못했는데 괜한 자존심 때문에 그렇게 말하나 보다 했다. 나도 이렇게 될 걸 모르고. 그 뒤로 나는 롤러코스터를 타지 않는다. 아니 못 탄다.

어려서부터 나는 시력이 좋았다. 양쪽 시력이 1.5 이하로 내려간 적이 없다. 얼마 전까지 건강검진을 받으러 가면 "와, 시력이 좋으시네요!"라는 말을 들었다. 시력 때문에 불편함을 느낀 적은 없어서 남편과 아이들이 안경을 쓰고 하나로는 부족하다고 신발 쇼핑하듯 안경을 구매하는 게 이해하기 힘들었다.

그런데 어느 날 아침 일어나서 핸드폰을 보는데 초점이 맞지 않고 흐릿하게 보이는 거다. 아직 잠이 덜 깼나 싶어 눈에 힘을 주고 보기 시작했다. 하지만 눈에 힘을 주어도 초점이 맞지 않는 날이 점점 많아졌다. 그러다가 급기야 (우리 엄마가 그러듯) 핸드폰을 눈에서 멀리 둔 채 보고 있는 나를 발견했다.

"노안입니다." "네? 그럼 어떻게…?" "돋보기 쓰시면 됩니다." 안과 의사 선생님의 답은 너무 간단했는데… 얼마 전에 남편이 돋보기를 선물해줬는데… 이거 언제 쓰라고 사왔냐고 뭐라 했는데… 이렇게 금방 쓰게 되는 거였구나….

돋보기를 쓰고 보는 핸드폰이며 책은 진짜 환한 세상 그 자체였다. 아이들이 칠판 글씨가 잘 안 보인다고 할 때 안경이 쓰고 싶어서 그러나 살짝 의심했었는데 안경을 쓰고 칠판 글씨를 볼 때 이런 느낌이었겠구나 싶어 너무나 공감이 되었다. 운동 갔을 때는 집에 두고 온 돋보기가 얼마나 아쉽던지 몇 개 더 사서 여기저기 넣어놔야겠구나 생각하게 됐다. 그러고 나니 안경을 몇 개씩들 갖고 있는 것도 이해가 되었다.

지웅이가 군대를 갔다. 대한민국 남자라면 누구나 다해야 하는 당연한 의무이니 갈 때 되었으니 가야지 생각했다. 그런데 공교롭게도 훈련소 들어가는 날이 하은이 졸업식과 겹쳐서 나는 입소하는 지웅이를 보지 못했다. 대학교 입학한 뒤로는 집에 없던 놈이라 훈련소 들어간 것도 실감이 나지 않아서 딱히 슬프거나 그립거나 하진 않았던 것 같다.

퇴소식 날 지웅이가 먹고 싶어한 유부초밥을 싸들고 가면서도 남편한테 말했다. "난 눈물은 안 날 것 같아. 흐흐흐." 무슨, 세상 그렇게 울 줄이야. 아이들은 아직 입장도 하지 않았는데 아주 저 멀리서 하나둘 구령소리만 듣고 눈물을 쏟기 시작해서 열 맞춰 오는 아이들을 보면서도 엄청 울었다. 다

내 새끼들 같고 다 같이 고생했겠구나 생각하니 거기 있는 아이 하나하나가 너무 소중했다. 지웅이가 군대에 가니 당연하다고 생각했던 남편의 3년 군복무도 너무 짠하고 내 막냇동생의 군복무도 너무 감사하고, 마음 아픈 일이지만 어쨌든 나라를 위해 국민을 위해 귀한 아들을 내어주는 부모들의 마음이 새삼 너무 감사하게 다가왔다.

겪어 보고 나서야 알게 되는 일들이 있다. 겪어 보지 않고는 모른다. 그렇다 해도 때로는 겪지 않은 일이라 해도 어느 정도 이해할 수 있는 마음을 주시기를 나이 먹어 죽을 때까지 빌어야겠다.

# 기브 앤 테이크

방송에 보여지는 우리 부부의 모습을 보고 어떤 사람은 "부인이 남편한테 너무 잘한다, 정은표 씨 결혼 잘한 것 같다."라고 한다. 또 어떤 사람은 날 칭찬하기도 한다.

언젠가 길을 가는데 어떤 아주머니가 내 등을 제법 아프게 때리는 것이다. 깜짝 놀라 내가 뭘 잘못했나 두리번거리는데 아주머니가 나를 흘겨보면서 "으이그, 장가 잘 갔어. 마누라한테 잘해." 그러는 것이다. "아하 아하! 맞아요. 저 장가 잘 갔어요~." 너무 급작스럽게 발생한 상황이고 틀린 말도 아니니 처음 본 아주머니에게 등짝 한번 맞은 걸로 나는 장가 잘 간 걸 확인받은 셈이다. 아내도 이런 말을 자주 듣는다고 한다. 물론 대부분은 아내 칭찬이라는 건 인정!

사람들의 평가가 어떻든 우리 부부는 서로에게 잘한다. 나는 어떤 관계든 어느 한쪽만 잘해서는 안 된다고 생각하는 편이다. 우리 부부가 생각하는 올바른 부부관계 또한 철저한 기브 앤 테이크다.

세상에 일방적으로 주는 것은 부모님 사랑 말고는 없지 않을까. 아니, 부모도 은근히 자식이 효도하기를 바란다는 걸 생각해 보면 일방적인 사랑이라는 게 있을까 싶다. 우리 관계가 아내가 나를 좋아해서 시작되었다 보니 처음에는 아내가 나에게 주는 사랑과 마음이 훨씬 컸던 것 같다. 그것이 고맙기만 하다. 하지만 22년을 살아오면서 내가 받아먹기만 했으면 아무리 큰 사랑을 가졌다 한들 아내가 계속 줄 수 있었을까? 그건 아닐 것이다.

우리 부부는 살면서 사랑이 더 커지고 있는 것 같다. 아마도 서로가 더 많이 주려고 노력하기 때문일 것이다.

아이들과의 관계도 정도의 차이는 있겠지만 기브 앤 테이크라고 생각한다.

나는 아이들한테 퍼주는 스타일이다. 반면 아내는 아이들은 부족한 게 있어야 한다고 생각하는 쪽이다. 약간의 결핍이 아이를 더 단단하게 하고, 절실함이 있어야 스스로 더욱 노력

할 거라는 것이다. 물론 동의한다. 젊은 시절 내가 열심히 노력할 수 있었던 가장 큰 원동력이 절실함과 가난이었던 걸 인정한다. 하지만 나는 일부러 힘든 길을 갈 필요는 없다고 생각하는 편이다. 우리는 가끔 이런 주제를 가지고 대화를 하는데 결론을 내기도 답을 내기도 쉽지 않다.

우리는 서로의 생각을 존중하지만 자신의 생각을 쉽게 꺾지도 않는다. 하지만 결론은 언제나 하나로 모아진다. 아이들이 고마움을 아는 사람이었으면 좋겠다고. 우리 아이들이 부모가 주는 걸 당연하게만 여기지 않고 고마워할 줄 알며, 그것을 표현하고 나눌 줄 아는 사람이었으면 좋겠다고.

내가 항상 마음속에 두고 지키려 하는 것 중 하나가 '나한테 잘하는 사람한테 더 잘하자.'이다. 최소한 비슷하게라도 해야 한다는 생각을 늘 가지고 있다.

가만 보면 사람들은 누군가 자기한테 잘하는 걸 너무 당연하게 생각하는 경향이 있는 것 같다. 부모님은 항상 나한테 잘하는 사람, 친한 친구는 항상 내 편, 내 아내는 늘 나한테 주는 사람, 남편은 당연히 돈을 벌어오는 사람…. 물론 알고 그러는 건 아니겠지만 그 고마움을 당연하게 생각하는 걸 경계할 필요가 있을 것이다. 특히 같이 사는 가족들에게는 더 조심해야 한다고 생각한다. 나는 이런 소신 아닌 소신을 비슷한 성향의 아내와 20년 넘게 살아오면서 한마음으로 공유하고 있고 아이들에게도 자주 말하는 편이다.

다행인 것은 엄마 아빠의 이런 생각들에 영향을 받아서인지 아이들이 고마움을 표현할 줄 안다는 것이다.

군대에 있는 지웅이를 면회 가면 정말 고맙다, 너무 좋다, 엄마 아빠 많이 사랑해, 같이 있는데 벌써 보고 싶네, 어쩌지? 엄마 음식은 진짜 최고야!! 이런 말을 수도 없이 듣는다. 칭찬은 고래도 춤추게 한다고 지웅이의 이런 칭찬과 표현은 엄마 아빠가 면회를 자주 가게 만드는 마법이 된다.

재수 중인 하은이는 기숙학원에서 공부를 하고 있다. 한 달에 한 번씩 집에 오는데 올 때마다 고맙다고 말한다. 학원비 비싼데 엄마 아빠 덕분에 편하게 공부한다고, 사랑한다고, 열심히 하겠다고…. 그런 말을 들으면 오히려 우리가 고맙다. 본인이 제일 힘들 텐데 말 한마디라도 엄마 아빠에게 예쁘게 해준다는 게 보통 일은 아닐 것이다.

휜이도 사랑 표현을 잘하는 편이긴 하지만 아직 어려서인지 형이나 누나에 비해 늘 조금 아쉽다고 생각했었는데 얼마 전 휜이 덕분에 살짝 눈물을 흘린 일이 있다. 샤워를 하려고 따뜻한 물을 트니 거울에 김이 서리는데 거기에 희미하게 '아빠 엄마 사랑해 고마워.'라는 글씨가 나타나는 것이다. 얼마 전 횐이 혼자 욕조에 물을 받아 목욕을 한 적이 있는데 그때 김 서린 거울에 글씨를 쓴 모양이었다. 횐이의 글씨는 그렇게 거울에 비밀이 나타나는 추리물 영화의 한 장면처럼 형체를 드러내며 우리를 완벽하게 감동시켰다.

그거면 되는 거 아닌가? 그게 부모고 자식이고 가족이지. 그렇게 주고받는 거지. 그게 우리 부부가 생각하는 기브 앤 테이크지.

## 에필로그

사람마다 각자가 잘하는 것이 있을 것입니다.

아내도 저도 분명 찾아보면 조금은 아주 조금은 잘하는 것이 있겠죠. 그렇지만 우리 입으로 '나는 이런 걸 잘해요'라고 할 정도로 잘하는 것이 없고 설령 있다 해도 그런 걸 자랑할 만큼의 뻔뻔함은 없습니다.

그런 소심한 성격 탓에 책 쓰기는 시작부터 난항에 부딪쳤습니다. 더구나 아내는 책의 반을 자기 이야기로 써야 한다는 걸 부담스러워했습니다.

처음에는 제법 의욕을 불태웠죠. 머리를 맞대고 대화도 해보고 글의 방향성을 제시하기도 했어요. 문제는 우리 부부 사이가 너무 좋다는 거였습니다. 누군가가 힘들다고 하면 재촉을 하는 게 아니라 위로를 하는 거죠.

"힘들어? 아이구, 힘들면 쉬자. 난 당신 힘든 거 못 보겠다." 아니 한 게 뭐가 있다고 힘들다고 하며, 힘든 게 뭐라고 쉬자고 할까요? 그냥 도망치는 거죠. 혼자 안 하면 죄책감이 생기니 상대방 위하는 척 핑계를 댄 거죠. 그때 우리 부부는 완벽한 동업자였습니다.

차일피일 미루고 바쁘다는 핑계를 대면서 도망치고 있던 어느 날 유윤희 대표님이 만나자는 연락을 해왔습니다. 글 쓰는 걸 도와줄 분을 모시고 온다고 했죠. 기다리다 지쳐서 대필 작가라도 모시고 오나 보다 기대감을 가지고 만난 분이 에디터스랩 김장환 대표님입니다.

사실 저는 김 대표님 별로 안 좋아합니다. 첫 만남에서 우리가 책을 쓸 수밖에 없게 만들었거든요. 처음에는 알아서 다 해줄 테니 걱정 말라고 안심을 시키시더니 어떤 부분이 힘든지 묻더군요. 당연히 생각은 있는데 글로 정리가 안 되는 게 문제라고 하니 혹시 지웅이한테 위문편지 쓴 적 있냐고 묻더군요. 지웅이가 입대한 지 한 달 정도 되었을 때니 당연히 편지를 몇 통 썼다고 했죠. 그랬더니 그렇게 하면 된다고, 우리 부부더러 서로한테 편지를 써 보라고 하시더군요.

시작은 편지였습니다. 서로에게 자신의 어린 시절 얘기를 들려주고 어떤 땐 지웅이한테 엄마 얘기를 하기도 했습니다. 제법 순조로운 출발이었습니다. 그러다가 불특정 다수의 독자에게 들려주고 싶은 얘기라고 생각되면 평서문으로도 시도해보고 어떤 건 일기처럼 써 보기도 하며 조금씩 조금씩 글로 진행을 했죠. 그리고 숙제 검사를 받는 심정으로 두 분이랑 공유를 했습니다. 우리는 여기서 또 이분들의 마수에 빠져들게 됩니다. 형편없는 글에도 응원의 문자를 보내주는 겁니다. 가끔은 내가 제법 글을 잘 쓰는구나 싶은 마음이 들 정도로 교묘한 칭찬을 해주기도 하고요. 그런 교묘한 응원과 밀당 덕분에 포기하지 않고 책을 끝낼 수 있었기에 두 분 대표님께 감사드립니다.

이제 와서 제가 쓴 글들을 보니 부끄러움에 얼굴이 붉어집니다.

우리 부부 얘기 위주로 글을 썼기에 어쩌면 아이들 교육법에 관한 기대를 하셨던 독자는 실망하실 수도 있습니다. 아니 제가 봐도 글의 정체성이나 방향성이 불분명하고 형편없다는 걸 인정합니다.

본문에서 언급되어 중복되는 내용도 있겠지만 우리 부부가 소중하게 생각하고 지키려고 하는 몇 가지를 소개할까 합니다.

"재미있고 신나게"

우리 집 가훈입니다. 지웅이 유치원 다닐 때 갔던 아빠 참여학습에서 지웅이랑 제가 함께 생각한 건데요, 가족들이 다 같이 재미있고 신나게 살 수 있다면 이것보다 좋을 게 있을까 싶어 가훈으로 정하고 지키려고 노력 중입니다.

"아침에 행복하자"

우리 부부는 행복하게 사는 것이 인생의 목표이며, 그 시작점이 아침이라고 생각합니다. 하루하루가 쌓여 행복한 인생이 만들어진다는 생각에 아침 행복을 지키려 노력 중입니다. 프롤로그에서도 언급했듯이 아이들이 있는 집은 아침에 불화의 여지가 참 많습니다. 숙제도 챙겨야 하고 밥도 먹어야 하고 준비물도 찾아야 하고 그런 걸 지켜보는 엄마나 아빠는 화가 날 겁니다.

그렇다면 해결 방법은 문제 속에 다 있습니다. 아이들은 숙제 준비물을 알아서 챙기려 노력하고, 엄마 아빠는 화를 참는 것이죠. 특히 어른들의 역할이 중요하다고 생각합니다. 대체로 아이들은 무조건 화를 내지는 않습니다.

아이들은 실수를 합니다. 저도 그렇고 독자님들도 어렸을 때는 실수를 많이 했을 겁니다. 그렇다면 아이들은 실수할 권리를 가지고 있는 거죠. 당연히 실수를 해야죠. 거의 모든 것이 처음 해 보는 건데 실수를 안 하면 그게 어른이지 아이겠습니까? 좀 더 의연하게 아이를 봐주고 사랑으로 감싸 안으면 화낼 일이 없을 것 같습니다. 이런 각자의 노력이 아침을 행복하게 만들어줄 겁니다. 행복한 아침이 쌓여서 행복한 한 달, 행복한 한 해, 행복한 인생이 될 수 있다고 생각합니다.

"부부 위주"

저희는 가족의 중심이 부부여야 한다고 생각합니다.

가족끼리 여행을 가면 대부분은 아이들이 뭘 하면 좋을지를 고민할 겁니다. 하지만 우리 부부는 어른들이 뭘 할 수 있을까를 먼저 고민합니다. '우리도 즐거울 수 있을까? 아이들 놀 때 우리는 뭐하지?'를 먼저 고민합니다. 우리가 할 수 있는 게 충분하다 생각되면 그때 아이들 놀 거리를 찾아봅니다. 어떤 여행이든 아이들이 즐거워할 만한 거리는 많습니다. 아이들 노는데 엄마 아빠가 재미없어하면 아이들은 눈치를 볼 겁니다. 어른들도 빨리 여행을 끝내고 싶을 거고요. 하지만 엄마 아빠가 같이 즐거우면 여행이 재미없을 이유가 없겠지요.

부부 사이가 좋다는 건 의견 통일이 잘 된다는 뜻이기도 하겠죠. 우리 부부는 의견 통일이 잘 되니 아이들 훈육이나 학습에 관한 부분 등 모든 걸 쉽게 끌고 갈 수 있었던 것 같습니다. 물론 아이들도 엄마 아빠의 의견을 무겁게 받아들였던 것 같고요. 세 아이 다 어릴 땐 그런 엄마 아빠를 질투하기도 했지만 나이가 들고 철이 들수록 사이좋은 엄마 아빠를 응원해주고 있습니다.

### "올바른 어른을 만들자"

아이들을 키우는 목표가 뭘까 가끔 생각합니다. 목표라는 말이 맞는 표현인지는 모르겠습니다. 다만 아이들 키우면서 아내나 저나 '왜?'라는 물음을 수시로 던졌던 것 같습니다. 우리는 그 물음에 대한 답을 찾으려 노력했고 '아이들을 올바른 어른으로 만드는 것'이 답이라는 결론을 내렸습니다.

그러려면 어른이 먼저 올바른 모습을 보여야 한다고 생각했습니다. 아내나 저나 도덕적이거나 양심적이거나 올바른 사람은 아니지만 아이들에게는 바른 모습을 보이려 노력했던 것 같습니다.

엘리베이터를 타거나 집 주변에서 이웃을 만났을 때 아이들에게 인사하라고 하지 않았습니다. 아이들이 부끄러움이 많아서 엄마 아빠 등 뒤로 숨곤 했는데 그럴 때 억지로 인사를 하게 하면 아이의 기분이 좋을 리 없고, 시켜서 하는 인사는 제대로 된 인사가 아니라고 생각했습니다. 대신 우리가 인사를 했습니다. 엄마 아빠가 모르는 사람들에게 인사하면 아이들이 처음에는 누구냐고 묻곤 했습니다. 이웃이니까 인사하는 거라고 말해줬죠. 인사를 하면 상대가 받든지 안 받든지 내 기분이 좋아진다고, 너희도 마음이 준비되면 해 보라고 말해줬습니다.

아마도 지웅이, 하은이는 초등학교 졸업할 때쯤 스스로 인사를 하기 시작했던 것 같습니다. 이웃에 사시는 할머니가 그 집 아이들은 엘리베이터 혼자 탈 때도 어른이 있으면 인사를 참 잘한다고 칭찬해주셔서 인사를 한다는 걸 알게 되었죠. 아직 6학년인 지훤이는 형이나 누나보다 더 부끄러움이 많아서인지 인사를 소심하게 하기 시작했는데 아마 조금만 더 지나면 혼자서도 잘하게 되지 않을까 생각해 봅니다.

인사 말고도 아이들이 배워야 할 규범이나 규칙이 참 많습니다. 그런 것을 말로 가르칠 필요도 있겠지만 보여주면서 배우게 하는 것도 괜찮은 방법인 것 같습니다. 결과가 나오기까지 시간이 좀 걸리더라도 우리 부부는 후자를 더 많이 선택했던 것 같습니다.

다행히 지웅이, 하은이가 제법 따뜻한 마음을 가진 어른으로 성장한 것 같아서 우리의 방법이 틀리지는 않았다는 생각을 해봅니다.


### "끌고 가지 말고 따라가라"

우리 부부는 아이들과 수평적인 관계를 유지하려고 노력 중입니다.

아이들은 우리의 소유물이 아니고, 언젠가는 독립해서 우리 곁을 떠나야 하는 존재라고 생각합니다. 실제로 아내나 저나 아이들을 빨리 키우고 우리 둘만의 생활을 하고 싶다는 말을 많이 합니다. 정말 둘만 있고 싶습니다.

〈영재의 비법〉에 출연했을 때 지웅이가 아이큐 검사와 영재 테스트를 받았습니다. 그때 전혀 기대하지 않았는데 지웅이는 아이큐도 높고 영재라는 판정을 받았습니다.

검사를 담당했던 교수님은 이런 아이들은 좋은 그릇을 가지고 태어난다며 "부모가 채워주려 노력하면 그릇에 내용물을 꽉 채울 수는 있지만 그다음에는 흘러 넘쳐버린다. 대신 끌고 가지 않고 따라가주면 그릇을 꽉 채우지는 못해도 그릇이 커진다."라고 말해주셨습니다.

그날 교수님의 조언은 우리 부부가 아이들을 대하는 방법에 확신을 심어줬습니다. 아이들과 친구처럼 지내기는 했지만 끌고 가지 말고 따라가라는 말은 충격으로 다가왔습니다. 분명 우리보다 더 큰 그릇의 아이가 되도록 이끌어야 할 텐데 아무리 생각해도 아내나 나나 아주 큰 그릇은 아닌 것 같으니 아이들이 스스로 큰 그릇을 만들도록 기다려주고 따라가려 노력했습니다. 물론 아이들이 쉬운 길을 어렵게 갈 때도 있었습니다. 그럴 때 참견하지 않고 따라가는 건 힘든 일이었습니다. 우리 눈에 너무 쉬운 것 혹은 쉬운 길도 어렵게 간다는 걸 알지만 스스로 실패도 경험하고 아픔도 느껴볼 필요가 있다고 생각했습니다.

특히 아이들이 장래 꿈(지웅이는 래퍼, 지훤이는 댄서, 하은이는 본인이 밝히기를 원하지 않지만 확실한 자기 꿈이 있습니다)에 관한 결정을 할 때는 엄마 아빠의 영향을 최대한 받지 않기를 원해 개입하지 않았습니다.

지웅이가 랩을 하려 한다고 하면 어떤 분은 "그 좋은 머리로 다른 걸 하지 왜?"라고 했고, 또 어떤 분은 "서울대 다니는데 더 좋은 걸 하지?"라고 했습니다. 그런데 지웅이가 하고 싶어하는 랩보다 더 좋은 게 뭔지 잘 모르겠어요. 지웅이는 기억할지 모르지만 내신 성적이 아쉬워서 수시를 포기하고 정시 공부를 시작할 때 지웅이와 나누었던 대화가 생각나네요.

"아빠, 나 서울대 가고 싶어."

"가면 좋지. 근데 왜?"

"어려서부터 영재라고 알려져서 사람들이 날 보는 기대치가 너무 높아."

"응. 그건 아빠가 널 방송에 데리고 나갔기 때문인 것 같아 미안하게 생각해."

"아니. 방송 덕분에 많은 혜택을 받았으니 아빠가 미안해할 건 아니지."

"근데 왜 서울대야?"

"내가 쓰고 싶은 노래 가사에 설득력이 있으면 좋겠어. 방송에 많이 나와서 나를 아는 분들이 너무 많은데 그분들이 나한테 기대하는 건 좀 다를 것 같거든."

지웅이는 자기가 쓴 가사에 설득력을 키우고 싶어 서울대에 가고자 노력했고, 어려서부터 방송에 비친 스스로를 증명하기 위해 노력한 결과 원하는 학교에 합격했습니다. 단지 그 이유만은 아닐 겁니다. 다른 이유들도 많겠죠. 그렇다면 지금까지 스스로 다 해온 건데 이제 와서 뭘 하든지 제가 참견할 이유가 없다고 생각합니다. 무슨 일을 하든지 지웅이 본인이 재미있고 행복했으면 좋겠습니다.

**우리 가족은 계획적이지는 않습니다.**

살다 보니 어쩌다 보니 흘러가는 대로 살아가고 있죠.

다행히 방송에 보여지는 우리 가족의 모습을 좋게 봐주시고 우리 아이들 지웅이, 하은이, 지훤이를 이쁘게 봐주셔서 너무 감사한 마음입니다.

우리 가족의 이야기를 끝까지 읽어주셔서 고맙습니다.

**"행복한 가정은 미리 맛보는 천국이다"**

제가 가장 좋아하는 문구입니다.

저는 지금 천국에 살고 있습니다.

여러분은 천국에 살고 계신가요?

## special thanks to

살아온 얘기를 글로 쓰다 보니 우리 둘이 좋아서 정신없이 살던 세월 속에 고마운 사람들이 가득했다는 것을 알게 된다. 그때는 둘이만 좋아서 고마운 줄도 모르고 무심히 지나갔는데 지금이라도 고마운 마음을 전하고 싶다.

정말 좋아하는 형님이 결혼하신다니 제가 다 도와드리고 싶다며 예식장부터 드레스까지 요즘 말로 스드메를 다 책임져주신 가도현 오라버니, 주례를 안 하는 걸로 유명하시지만 어디서 요즘 아이 같지 않은 이리 예쁜 아이를 데리고 왔느냐며(통실통실한 저를 좋게 봐주셨습니다^^) 기꺼이 주례를 해주신 송혜숙 교수님, 밤마다 외롭다며 나한테 전화하던 오빠가 결혼을 하는데 당연히 축가는 내가 해야지 하며 축가를 불러주신 송은이 언니, 선배님의 결혼식 사회를 보게 되다니 제가 영광입니다, 하며 그 좋은 목소리로 사회를 봐주신 이선균 오라버니, 오빠 결혼식인데 바빠도 봉투는 내리와

235

야지 하며 바쁜 스케줄에 신랑 신부보다 먼저 예식장에서 기다렸다 만나고 가주신 조혜련 언니, 결혼식 끝나고 폐백할 때까지 기다려주곤 신혼여행 가기 전 머리부터 발끝까지 커플룩으로 맞춰 입은 우리를 엄청나게 놀려주신 유준상 오라버니, 그리고 형님 늦장가(지금 생각해보니 늦장가도 아니었는데요) 간다고 축하해주러 오신 많은 분들, 저의 전 직장 동료들.

그때는 어리기도 했고, 이 모든 것이 바쁜 시간 내어 해주신 고마운 일인 줄을 둘만의 알콩달콩에 정신이 빠져 몰랐네요. 이제 와서 사죄드리며 감사한 마음을 전합니다.